追逐生命的
理性与诗意

张健 著

人民日报出版社

北京

图书在版编目（CIP）数据

追逐生命的理性与诗意 / 张健著. —北京：人民
日报出版社，2023.11
ISBN 978-7-5115-8042-9

Ⅰ. ①追… Ⅱ. ①张… Ⅲ. ①散文集—中国—当代
Ⅳ. ①I267

中国国家版本馆CIP数据核字（2023）第204071号

书　　名：追逐生命的理性与诗意
ZHUIZHU SHENGMING DE LIXING YU SHIYI
作　　者：张　健
出 版 人：刘华新
责任编辑：葛　倩
封面设计：中尚图
出版发行：人民日报出版社
社　　址：北京金台西路2号
邮政编码：100733
发行热线：（010）65369527　65369846　65369509　65369512
邮购热线：（010）65369530
编辑热线：（010）65363486
网　　址：www.peopledailypress.com
经　　销：新华书店
印　　刷：天津中印联印务有限公司
法律顾问：北京科宇律师事务所010-83632312
开　　本：710mm × 1000mm　1/16
字　　数：155千字
印　　张：15.5
版次印次：2024年4月第1版　2024年4月第1次印刷
书　　号：ISBN 978-7-5115-8042-9
定　　价：49.00元

序 言

我是研究职业教育的，在教学、读书、科研近40年的职业生涯中，养成了读写的习惯。每有触动感悟，就会援笔为文。迄今发表的文字应当不下五百万了。虽多以职业教育内容为主，但写多了，便溢出了职业教育边界，比如关于阅读、人生的感悟等，这类文章放在职业教育书中，难以"副实"，可能还会有"充数之嫌"。于是把它们择出来，遂成《追逐生命的理性与诗意》这本小书。

于我个人而言，生活是追求生命的理性和诗意的过程。理性是人的特有属性。黑格尔认为，理性是世界的灵魂，构成世界的内在的、固有的、深邃的本性。康德认为，理性就是去除人们自己所加之于自己的不成熟状态。哲学理论认为，理性是人的高级的认知活动，目的在于获得事物存在、变化或彼此之间联系的真知。亚里士多德则说：人生最终的价值在于觉醒和思考的能力，而不只在于生存。觉醒和思考就是人对生命不断领悟、日渐睿智的过程，是人追逐理性之光、打开生命之窗的过程。理性存在于意义之中。意义是理性的彰显，理性是对意义的把握。把握意义的理性即诗意，蕴含诗意的生命即理性。人是意义和理性的存在。人要活得明白通透，必须追寻意义和理性。巴西批判教育家保罗·弗莱雷强调，人不同于动物的"自在存在"，人是"自为存在""意识的存在"。马克斯·韦伯也说过：人是悬挂在自己所编织的意义之网上的动物。换言之，人是意义的存在，人生是对意义的追求过程。人追求意义的占比越大，生命的敞亮和解放程度就越高。它能带给我们一个具有"诗和远方"精神力量的生命，一个具有自由属征和解放意义的生命，一个能够超越自我、创生精神产品的生命。理性的价值还在于，它是观念的指导性和生活的目的性的统一。人们需要理性选择自己想要的、合理的生活，需要理性建构自己期待的、诗意的生活，更需要理性去感受和领悟生活的美好和生命的诗意。

诗意的本质是对美好生活的向往和建构，正如海德格尔的名言"人要诗意地栖居在大地上"。诗意是生命因理解感悟而领略到的生存意境和精神风景。在这个意义上，诗意首先是一种感受和领悟能力。这种能力就是理性——纯粹理性、审美理性、实践理性，也包括批判理性。人只有具备了这样的理性能力，才能领略、品鉴、承载生命的诗意。正如梁漱溟说："所谓理性者，要义不外吾人平静通达的心理而已。"平静通达才有诗意涌现，才能构成领悟诗意的条件和境界。生命的诗意不是空洞的、玄虚的。诗意的生成首先是人要有尊严地活着，进而去感悟人生的价值意义、幸福快乐。

理性与诗意表面上矛盾对立，实则内在统一。它统一于人的生命的延传和建构相互作用的过程之中，是人的完美的生命两种不同而又融合互补的表现形式，诗意和理性声气相通，构成生命不可或缺的两极张力。理性加持和深化诗意，诗意赋能和丰盈理性。换言之，应然的生命应当是物质与精神、意义与效用、理性与诗意的统一。理性与诗意，如车之两轮、鸟之双翼，只有两者俱在，才能助力生命向着高远的方向发展。

我写此书有三个特点。一是善抓创意。行文绝不草率动笔，滥施笔墨。总是要找到"最值得一思""最值得一写"的创意点才动笔。凡书内文章，皆如是也。这些创意好比一颗颗种子，赋予我写作的动力和激情，引出我内里的意蕊心香。二是凝思创构。创意的种子从破土而出到生长成型，是需要意化助力的。意化是凝思创构的过程。凝思是沉静的思、沉潜的思，是凝神而入定的思，是为着创构而深度开掘的思，目的是让创意的新绿在心中长出绿蔓意莛，爬满思想的棚架、意义的空间。三是自得超越。读书写作倘只能消费前人的思想，拾先人牙慧，是没出息的表现。我写文章努力追求自得之悟、超越之悟。

本书的内容分为理性和诗意两篇。理性篇划分为生命的智慧、哲思的感悟、概念的澄明、心灵的抵达四章。"生命的智慧"，重在对生命价值的探求，使人获得生命建构的策略和智慧。"哲思的感悟"，是对事物和现象的形上追问和本质的深刻探求，意在带给人智慧的感悟和理性的洞达。"概念的澄明"，选取一些当下重要的或流行的词语，通过个性化、创新性的阐释，力图给人以启迪和教益。"心灵的抵达",重在对人精神的或心灵的滋养和化育,使人获得正确的价值观的引领和重塑。诗意篇着眼于诗意的培育和生成需要成长的守护、书香的浸润和文化的塑造。因而分为成长的境界、书香的浸润、文化的力量三章。"成长的境界",重在对人的修为和立世真谛的追问,使人独善其身,生命出彩。"书香的浸润",重在揭橥书与人的关系及人濡染书香、成就自我的方法,使人获得"润身""香我"的读书之效和成长之阶。"文化的力量",是一组多维揭示文化意蕴、特质、价值,包括错谬及其批判的文章,目的在于去除文化的认知遮蔽,彰显其内在本真。

感谢学校出版基金的项目资助;感谢学院科技创新平台重点项目(项目编号YJP-20 19-03)鼎力支持;感谢出版社葛倩老师,她是本书的责任编辑,为本书的出版花费了很多心血;还要感谢出版社的其他编校老师,他们为本书的修改、编校付出了极大辛劳和智慧。

不忘初心、莫失所愿,建构人生的理性与诗意;岁月静好、时光安暖,唯生命不可被辜负。愿这本小书能在茶余饭后,带给读者一些滋养和启发。

是为序。

目 录

上篇 理性

下篇　诗意

上篇　理性

生命的智慧

智慧是人应对生存与发展的智谋与慧心。

人生三喻

　　我喜欢这样三个比喻：没有比梦更美的景，没有比锅更大的饼，没有比脚更长的路。三个比喻，喻体从功能上构成本体事物的边界，将喻意限制在喻体所规定的能指的范围之内。让人对张扬喻体功能充满憧憬和期待，给人以深刻的启迪。喜欢这三个比喻，还因它们从不同维度构成了一个结构化的喻意系统：没有比梦更美的景，讲目标；没有比锅更大的饼，讲格局；没有比脚更长的路，讲执行。

　　目标是人欲追求和确立的东西。目标是一种定向机制。候鸟迁徙有时要飞几万公里，但它们总能准确地抵达目的地，就是因为有一种内在的定向机制。目标是一种追求标高。王国维谈人的三个境界中第一个就是：昨夜西风凋碧树，独上高楼，望尽天涯路。这里面蕴含了目标要高远的意思。目标是一种应然的理想化追求，它是有层次和标高的一种如梦愿景，是生命的风景线。很多时候，人与人的差距往往在于目标是否明晰。没有目标的人，即使很努力也会迷失方向，没有目标或目标不定致使他们的努力难以形成积累。有目标的人会向着既定的方向执着前行，如向日葵向阳生长。锁定目标、坚守目标对一个人来说是极其重要的。目标、方向对了，路再远，总有抵达的时候。

没有比锅更大的饼，讲的是人生的格局。格局就是一个人的眼光、胸襟、胆识、气度等心理要素的内在布局。宋代思想家张载认为："心大则万物皆通，心小则万物皆病。"意谓心胸宽广，则看万事万物都通达无碍；心胸狭小，则看万事万物格局就小了。"锅"在这里就是比喻生命的格局或张载说的"心"。人要想摊出更大的成功的饼，首先要放大自己格局的"锅"。否则，目光短浅，气量狭小，视野窄陋，襟抱屡弱，怎么能摊出自己成功的饼呢？放大自己生命的格局重在读书。读书可以使我们拓宽视角，从而具备深入思考的能力。但读书要防止"尽信书""死读书"。切忌让别人来决定你的眼界和高度。正如毕淑敏所说，我们把自己的思想变成别人汽车驰骋的高速公路，却不愿为自己的思维留下一条细细的羊肠小道。所以真正的读书必须能够进行内化，形成自己的东西。

没有比脚更长的路，这个比喻说的是走向成功的践行过程或执行机制。目标的实现、格局的放大，是一个需要付出努力的漫长的周期和过程。它需要我们朝向目标迈开坚实的脚步，一步一步地趋近并抵达。人的成功一般都有三个阶段：学习准备期、艰难成长期、开花结果期。前两个阶段都是需要我们一步一步用脚去丈量通向成功的必由之路。而我们的问题在于，老想跳跃"艰难成长期"，最好连"学习准备期"也免了，直接抵达"开花结果期"。这是想一步登天的节奏，是想舍弃量变渐进过程直抵质变成功的愿景，怎么可能呢？如果你想成为江河，就应先从水滴做起；如果你想成为巨树，就应先从幼芽长起；如果你想要抵达远方，就必须"千里之行，始于足下"。而我们却不愿意走，总是嫌目标太高或路程太远。那没办法，你就只能停留在出发点，空想成功。而勇于执行的人与之相反，他们抬头的时候，有清晰的远方；低头的时候，有坚定的脚步；回头的时候，有精彩的故事。这是一个不懈追求、自我成就的过程，也是一个轨迹鲜明、脚踏实地的完美前行。这样的成功者，他们不惮路远途长，而且有时即便没有路也能踏出路，这才是真正的强者。

时间，都去哪儿了？

去有所值，是衡量人们对时间价值认知和基本态度的拷问。时间不能不去，关键是如何去，去了什么地儿。

我们每个人都是自己时间的消费者、管理者，时间之所去、之所至，每人心里都有一本清账。当时间在酒桌上溜走，在牌桌上溜走，在其他休闲娱乐中溜走，在百无聊赖、无所事事中溜走，说不知道是假的，而且许多人也能意识到这样消磨时间、打发时光并非最佳活法，他们也在一定程度上感觉到了自己精神上的空虚和匮乏。但还是任由这种方式继续，听凭这种状态主宰。

要懂得时间的价值。人要实现价值，把自身最宝贵的价值开发出来，必须要让时间去有价值的地方。成功的人都是利用时间的高手。很多人对待时间总是大手大脚，总认为自己还年轻，时间很多，不必在乎，因而不惜浪掷和虚耗时间。这是不知道敬畏时间的表现，也是时间观的致命误区。

不能虚掷时间。时间是最宝贵的不可再生的资源，时间的不可逆性是没人能改变的规律。时间是否"得其所哉"是很关键的。人应该利用时间去追求最有价值的事物，而不是无节制地耗费在物质享受或玩乐之上。诚然，人吃好、住好、穿好、玩好无可厚非，但倘若把全部时间和精力都用在满足这些属性的物事之上，就无法有更高的追求了。正如周国平先生所言，一个人把许多精力给了物质，就没有闲心来照看自己的生命和心灵了。人应该在有限的时间历史中，把时间用在该用的地方，追求更有价值的存在。

珍惜时间宜早。年轻的时候"拿得起"，到老才有资格说"放得下"。否则你什么都没拿起过，你放下什么？这就提示我们珍惜时间宜早，不要等到"流水落花春去也"才来感叹时光如"白驹过隙"。珍惜时间只有"现在进行时"一种时态，延宕、拖沓、耽搁、磨叽是对时间和人生的一种怠慢和不敬，到头来，只会反被时间所困、所惑、所弃。朱熹诗云，人生易老学难成，一寸光阴不可轻。面对易逝的时间、易老的人生，要想留住时间、学而有成，我们没有别的选择，只有尽早在时间之流中搏击，尽早"拿得起"，才能无愧时间。人的一生倘能掌控自己的时间，那才是一种必然"出彩"的大境界。

漂亮的失败也是一种成功

什么是失败和漂亮的失败？失败是指心想而事不成，未达到预期目的的一种负面结局，或者是在与竞争对手的比拼相争中败下阵来的那种赧颜尴尬。失败给人的印象一般都是灰色的、消极的，令人颓唐沮丧，甚至一蹶不振的。而漂亮的失败则具有别样内涵和独特境界。

漂亮的失败不留遗憾。失败总是留有遗憾的，但是漂亮的失败并无遗憾。比如跳高，即便所有的选手都被淘汰，场上只剩你一人，冠军非你莫属，但横杆还在加高，你可能还要冲击世界纪录，因而以你最后一次没能越过的高度告终。这样的失败没有遗憾。岳飞失败了，但他"壮志饥餐胡虏肉，笑谈渴饮匈奴血"的气概彪炳史册。文天祥虽兵败被俘，但他"留取丹心照汗青"的浩然正气名垂青史，激励了多少仁人志士。他们的失败无疑都是漂亮的，也是中华民族延传不朽的文化基因和精神符号。

漂亮的失败催人成长。漂亮的失败必须是可转化的，让人吃一堑，长一智。如果失败能让你有所感悟，你会感到这个失败特别值。你会感谢这个失败！它是成长必须付出的代价，是成功必须垫付的成本。它是拾级而上的台阶，是孕育成功的历练。失败是否能孕育成功，关键因素和转化逻辑在于个人是否善于学习。只有把失败变成学习资源，并从中总结教训、汲取教益、凝练智慧的人，才能实现向着成功的转化和着陆。所谓"事非经过不知难，善思己过能受益"讲的就是这个道理。漂亮的失败美在不懈追求。失败无疑是令人沮丧的，但失败打不垮、压不倒强者。漂亮的失败标志着不懈追求的过程。从哲学上讲，过程是一个量的积累、由量而质的发展演变，当追求的过程未达及质变的门槛时，成功不会来敲门。世界著名作家巴尔扎克1829年完成第一部长篇《朱安党人》寄出后，曾遭遇17次退稿，但他不认输、不放弃，最后终于取得了成功。当失败不能把他打倒，他一定能拥抱成功！

失败与成功相比，永远是更大概率的存在，所谓人生不如意十之八九。就是说，人生不可能不经历挫折、失败、逆境，失败是人生之必然。所以，我们应该倡导一种"容错文化"。正确的失败观，比泛滥的成功学，更励志、更有价值；有经验的"输"，比苟且的"赢"，更受人尊敬。

人要想成功，永远不要害怕和拒绝漂亮的失败。

唯坚持不会被辜负

"坚持"是坚守、持久之义，合起来意谓做事不改变、不动摇，坚忍不拔，始终如一。坚持是人的一种意志、一种品质，是社会的稀缺资源。所谓"如果你想最大化自己的潜能，坚持在专注的领域不断精深"。坚持之所以被推崇，源于它的"可贵"但却"难能"的悖反属性。即做事要坚持，而又难以坚持的乖离特征。这就需要我们追究和剖析其中的事理真谛和逻辑原委。

一是，为何要坚持？这是澄明坚持的理由和为何坚持不会被辜负的道理。哲学是深究事理的学问。坚持的必要性存在于哲学的三大规律之中。对立统一规律是研究事物发展动力和关系的。坚持与成功（不会被辜负）之间是手段与目的的对立统一关系。坚持才能成功，成功必须坚持。只想成功而不坚持，成功就会流于虚妄；只是坚持而不成功，坚持又失去意义，而最终会被抛弃。质量互变规律是指事物的发展是一个由量变到质变的过程。当量变达不到质变的度、关节点或"门槛"时，质变就不会发生，或只能部分发生。例如水，即便加热到99℃，也只是水分子汽化的部分质变，还不是充分的完全质变。而且量变是0℃～100℃的较长过程，质变则是突变、飞跃的短瞬爆发。这就是坚持的内在机理。如果我们做事不能坚持完成量变过程，在质变到来或即将成功之际而放弃，就会前功尽弃或功亏一篑。否定之否定规律是揭示事物发展方式和特性的规律。它告诫我们事物的发展方式和前行道路充满否定、曲折、失败，需要面对挫折、困境的时候，不忘初心，坚守如一，如果一旦遇挫就遽然思返、放弃坚守，岂能成功？

二是，为何又难以坚持？坚持要比的是人做事的心性和长劲，是对人的静定力、执着心、踏实劲的挑战和考验。要想做到此三点，并非易事。它直接戳中人性的弱点，测试出人坚持的成色。比如静定之于浮躁，量变坚守之于急于求成，耐挫抗压之于趋易避难、趋乐避苦，不想付出而又幻想轻松成功，临渊羡鱼却又不愿退而结网，等等。这些人性中的弱点均与坚持背道而驰，而且克服起来是和人性中的劣根性做斗争，和自己较劲，所以坚持是人难能可贵的一种品质，是引领人行以致远、走向成功的不二武器。

克服人性的弱点，实现难能可贵的坚持，我们规划的逻辑之径和应然对策如下。

一、要战胜浮躁。浮躁是坚持的死敌。浮躁者，急于事功、急于求成。明明是长跑才能拿下的距离，偏偏要以短跑的速度去冲击，其结果必然是欲速则不达，败下阵来。当下有太多的人被物欲化俘获，被躁动化操弄，被浅俗化裹挟，逐利匆匆、躁声嚣嚣、俗欲汹汹。浮躁得像风中止不住的幡，像水中按不下去的葫芦，像鞭下停不住的陀螺，更是会与成功渐行渐远。所以学会坚持，必须战胜浮躁。战胜浮躁，须有静定之心。君不见满瓶不响，静水深流，而哗哗喧闹流淌的必然是清浅的溪流。有静定之心，才能抵御外在的喧嚣，抛却过度的物欲，过滤折腾的浮躁，拒斥浅薄的俘获；有静定之心，才能有长性、后劲，而抵达远方。正所谓：苟有恒，何必三更灯火五更鸡，最无益，一曝十寒用心躁。

二、要信念执着。信念是实现自己生活目标和志向所持有的坚定意志和信心，是砥砺我们穿越现实，抵达坚信的明天的精神资源。信念是坚持的"韧带"，坚持中有了信念的因素，才有了坚韧的质地和张力。我国坚守改革开放的信念40多年不动摇，才有了今天"强起来"的中国。反之，人若失去了信念，就意味着精神的垮塌，坚持就会崩盘。信念执着，就是要不忘初心。初心是坚守事物的本真之心，是追梦的原初之心。有时失败不是因为没有初心，而是由于没有坚持初心。所以不要轻言放弃，怀疑人生。要坚信成功不会偏袒任何人，你之所以没有成功，是因为你努力的程度和火候还没到。这时最需要的是执着坚守。巴斯德说过，我唯一的力量就是我坚持的精神。要坚信：成功者永不放弃，放弃者永不成功。而当你始终如一地坚持，并使努力成为一种习惯，那成功还会远吗？

三、要踏实践行。踏实践行是坚持的要义和成功的真谛。踏实践行要义之一，不要好大喜功。好大喜功者可能因梦想遥远、成功艰难，而能力又不济，最终功败于此。这就好比背着大石头过河，因其不能承受之重，很可能河没过去反而被水淹死。要义之二，要量力而行。踏实践行者应根据自己的能力，将大石头变成小碎石逐步带过河去。但带的过程要持之以恒。要义之三，但求耕耘，不问收获。有人也许会反驳，不问收获，还耕耘干吗？其实只要耕耘，岂无收获。"但求耕耘"是一种坚持的智慧和真谛，是一种坚持的良好心态。白岩松曾撰文说过，当目标过于高远时，索性放弃总想着那个目标，只管低下头深一脚浅一脚走好眼前每一步。走着走着，居然走出了一些挣扎的乐趣，走出了一些自我价值的承认和肯定。再走着走着，猛一抬头，发现自己已在岸边，梦想近在咫尺。这就是脚踏实地实践、始终如一坚持的效应。不要老想着"伸手就能够着天"，一旦够不着，只能招致灰心气馁，不如"双脚踩着地"，只管去做，做好眼前该做的每一件小事，生活迟早会回馈你一份厚礼。

机遇是乔装的问题　问题是潜在的机遇

　　美国阿尔伯特·哈伯德在《致加西亚的信》中说，"为什么当机会来临时我们无法确认，因为机会总是乔装成'问题'的样子，当顾客、同事或者老板交给你某个难题，也许正为你创造一个珍贵的机会"。而我们却总想绕开问题、躲避难题，当然也就只能错失机会。这个问题涉及机遇的认知与识别，也涉及机遇的内涵与本质。

　　什么是机遇？机是机会、时机，遇是境遇、遇到。合起来意为遇到的有利的时机或境遇。关于机遇的论述与名言很多，比如：巴斯德的"机遇只偏爱那些有准备的头脑"，尼科尔的"机遇只垂青那些懂得怎样追求它的人"，苏轼说的"来而不可失者时也，蹈而不可失者机也"，中国的谚语"万物皆有时，时来不可失"。这些论述或强调机遇捕捉的前提和条件，或注重机遇的可贵、不可错失，但都没有真正触及机遇的本质。

　　对于机遇，人们只喜欢和看重机遇中的机会和运气的成分，其实比机更重要的是"遇"。有机无遇，等于白搭；遇而不识，等于白遇。所以比研究"机"更重要的是要破译"为何遇""怎样遇"的机理，提高"遇"的概率和效果。

人们通常认为，机遇是可遇不可求的稀缺资源，所以总是被动地等待机遇。其实机遇并非不可"求"，只是人们昧于机遇的本质，不知如何求、怎样求而已。而当我们换一个角度看问题，"机遇是乔装的问题，问题是潜在的机遇"，一切就都豁然开朗了。一方面，它回答了机遇的稀缺、可贵，即机遇通常是以问题的面目出现的。人们通常对问题或难题，都是采取外推拒斥的态度，更有甚者将其视为"烫手的山芋"甩锅给他人，以避免麻烦上身、难题纠缠。殊不知，被推掉的很可能正是乔装的机遇。这也是发现和把握机遇总是小概率事件的缘故。另一方面，它提示了我们应该从解决问题、化解难题中去发掘和把握机遇。这才是我们遇到机遇和求得机遇的应然路径。

机遇的培育。机遇是问题或是困难的界定，无疑是深刻的，也是正确的。但问题作为机遇，只具有潜在可能性，还没有转化为现实可能性。这里有一个转化的问题。显然机遇本身并不能自行转化，机遇就是自然界、人类社会和人的思维留给人的原型启发的一些事物或现象，这些事物和现象能否成为机遇，关键看其与人结合的过程中能否实现对人的启悟。而人与机遇的契合或开悟，并非无条件地发生，而是存在于直面问题、解决问题的过程中，存在于努力付出的奋斗中。这一努力奋斗解决问题的过程，就是机遇的备孕和培育过程。有了这一过程，潜在的机遇就可能转化成现实的机遇，显性的问题就可能变成成长的契机或发展的机遇。所以培根说，创造的机会比得到的机会要多。居里夫人说，弱者等待良机，强者制造时机。

机遇的把握。机遇是为人提供的，因人而存在、为人所把握的。机遇与人的结合，看似偶然，实属必然。哈伯德《致加西亚的信》提到："与其他有能力做这件事的人相比，如果你能做得更好，你就永远不会失业。"机会总是留给强者、能者、智者的。换言之，机遇并非人人都能把握，他只留给有准备的头脑，留给有实力和能耐的人。为什么敢于直面解决问题的人机遇多，因为很多问题都是潜在的机遇，一切难题都可能是能力的"培育基"。他们在解决问题或难题的过程中长本事、长能耐、长才干了，他们的能力被培育出来了，本领被培养出来了，所以才有资格与机遇拥抱，和运气握手。我有一个观点："机遇是发光金子的召唤。"你是"金子"，能发光、有价值，机遇是会主动找上你的，并不一定需要你去找机遇。这就是：你若盛开，蝴蝶自来；你若高才，机运自来；你若精彩，天自安排。

机遇的触发。牛顿因苹果落地，发现了万有引力；阿基米德因澡盆洗澡水的溢出，发现了浮力；门捷列夫因梦的神启，排列出了元素周期表。这些在旁人看来根本谈不上机遇的东西，确实是实现科学研究重大突破的导火索。为什么这些看似与机遇不相干，甚至是"风马牛不相及"的东西，能成为成功的抓手呢？从这几个例子中我们不难寻绎和窥破奥秘，即机遇确实存在于问题之中，并由解决问题的过程触发的。其内在机理是他们长期沉浸在解决问题的研究、思考、困境中，已经到了痴迷的境地，而且他们自身也有超强的能力，所以才能抓住这些天启神示的机遇。一个不相干的人，一个没有研究能力和水平并着迷"入境"的人，即使牛顿的苹果砸他一千次、洗澡水溢出千百次，也是白搭。因为你头脑中没有这样的感应装置，心中没有这样的反馈机制，对于机遇的启示只能麻木不仁、油盐不进。

让我们从解决问题、增长才干的努力打拼入手，去追寻和捕捉机遇，去创造和拥抱机遇！

由"沉没成本"说起

成本是一个商品价值概念，它是商品生产中耗费的资源以货币形式计算而发生的费用和支出的总和，它是一种垫付在产品中的经济价值或资源代价。现在"沉没成本"已由"商品价值概念"发展成一个指已经发生而无法收回的付出的泛化概念，比如时间、精力、金钱等。如果我们由A出发，目标是D，但到达C就因难而返，那BC这段路就白走了，就变成了沉没成本。成语"半途而废"，这"废"掉的"半途"，就是沉没成本。同样"前功尽弃"中"尽弃"的"前功"也是指沉没成本。还有"为山九仞、功亏一篑"。"篑"，筐的意思。意为堆九仞高山，只差一筐土而没完成，之前堆积付出全部筐数的总和就是"沉没成本"。"沉没成本"比喻做事只差最后一点没有完成，而枉费功夫。

现实中，"沉没成本"是一种普遍的存在。它暴露了人或做事无长性，或见难思返，或放弃坚守而妥协溃败的弱点。对此古人早有总结："靡不有初，鲜克有终。"说的是大家做事之初都有美好的初衷期许，但能实现、有善终者却很少。初心未能达成善终，过程中付出的诸多努力就成为代价和沉没成本。

想要尽量降低沉没成本，可从以下几方面着手。

一、坚信量变质变的逻辑。哲学上的质量互变规律告诉我们，事物的发展是一个从量变到质变的过程。例如一般情况下，水由液态变成气态，是不断加热由0℃～100℃的量变到质变的过程，当量变达不到质变的度、关节点或"门槛"时，质变就不会发生，或只能部分发生。如果到了95℃而放弃加热，质变就不会发生，前面的加热过程都会成为沉没成本。在许多情况下，沉没成本的发生，关键在于人们信心不足、信念动摇，呈现出来的就是付出难以见成效、努力未必能成功。了解质量互变的规律和逻辑，才能增强我们克服沉没成本的自觉信念。信念是坚持的"韧带"、成功的因子。坚持中有了信念的因素，才有了坚韧的质地和张力。我们才能在坚持中久久为功，守得云开见月明，静待花开终有时，而不致半途而废。任正非提到，一个人一辈子能做成一件事已经很不简单。不搞金融、不炒房地产的华为能够以实业发展至今天的地步，很大程度上得益于其一条路走到底的坚持，几十年来"对准一个城墙口持续冲锋"，这也就是不忘初心的坚守。

二、恪守"行百里者半九十"韧性努力。我们的古人非常睿智，早就讲过应对沉没成本的对策——"行百里者半九十"。这是因为事情越是做到最后越是艰难，它会使我们滋生两种心态：一是觉得胜利在望而盲目乐观。如90里都走完了，最后10里还在话下吗？二是觉得登顶太难而却步放弃。第一种以为成功唾手可得掉以轻心碰壁而失败；第二种可能会因临绝顶、历险境而却步，同样不能达及凌岱览小之境。世上的事就是这样，离成功的目标越近，困难的考验就越大，爬山最后的登顶最难，长跑最后的冲刺最累，越到最后胜利关头越要坚守，以"行百里者半九十"的心理准备和韧性努力去冲击成功，这样我们就不会半途而废、功败垂成。

三、让成本兑现生命的精彩。人要想成为生命赢家，就必须减少生命虚耗、沉没成本。让每一份努力都铺垫成功，每一份付出都兑现精彩。现实中沉没成本现象实在太多。比如跟风追热沉没成本。风一过，热一冷，就沉淀为一种"始热终弃"现象。本质上是浮躁、急于求成。古人讲宁可"备而无用，不可用而无备"。"备而无用"，就是沉没成本。当然，也有人会说，它已转换成了人的生命铺垫、精神底蕴。光有云，不下雨不行，但我们并不知道哪片云能下雨，却知道没有云肯定不下雨。所以"用而无备"肯定不行，"备而无用"则是必需的。因为并不是每片云都能下雨，所以要想下雨必须广泛积累造云，我们要做的不是奢望每片云都能下雨，而是要提高云能行雨、"备而能用"的概率，将积累中"备而无用"的沉没成本降到最低，尽可能将积累的成本兑现为生命的精彩。

哲思的感悟

哲学是形而上的学问。

向高处生长 往深处扎根

德国著名哲学家、语言学家、诗人、思想家尼采，为后世留下的许多经典语录，其中蕴含的哲思穿越历史时空，至今仍给人以深刻启迪和无穷感悟。2019年元旦这天，看到尼采的这句话："其实人跟树一样，越是向往高处的阳光，它的根就越是要伸向黑暗的地底。"深有所感，故凝练出这样一个标题，记下自己的一些感触启悟，算是新年的开篇走笔。

这句话是一个包含深刻哲学意蕴的类比。类比是人类的一种思维方式，类似于我国古代《诗经》"六义"中"赋比兴"的手法。类比是以事物的相似性为基础，建立事物间新的关联而启迪思想、形成创新的过程。在这句话中，人和树构成了两个类比的主体。表面写树，其实主要为着写人，形成了表显义和隐喻义的落差。类比是由类比的源域（自然物象）和目标域（类比的事象）构成的。在该句中"树"代表类比的源域（用A表示），"人"代表映射的目标域（用B表示）。类比就是援A观B，加深人对B的事物的认识、理解和思考，使源域和目标域之间的事物更具思考的价值和语义的张力。这样的类比增加了语言的厚重度、思想的启迪性，也使人们更加直观地领略天人合一的契合与相通。

这句经典名言表面写树，其实为着写人。表面写树往高处长，争夺生长所需的阳光和空间，而它的根又向着"黑暗的地底"拼命地伸展，汲取养料水分的滋养。这里人实际上已退居树的背后，做了隐性化的处理。构成了表显义和深隐义的对照与博弈，需要人的理解去捕捉、感悟去破译。这里虽凸显了类体"树"的形象，但本体"人"却始终存在于语义场中，贯穿和主导着意义的旨归和重心。如树对高处阳光的向往，实际是写人往高处走，往高处发展，追求高处的风光和精彩；树向"黑暗的地底"扎根，实际是写人为着成功境界的实现而蓄积能量、努力奋斗的过程。这就是类比的逻辑推断性赋予语言的隐而不晦、含而不露的魅力。你看不到它，它却隐含其中；不着笔墨，却风流宛在，存在于语言链、逻辑链之中。

这句名言有两个类比向度——高处和深处，即高处的阳光和深处的树根。高处是人们追寻并想确立的东西，代表成功的境界。深处是人所获得的内在底蕴和支撑性的东西，代表追求和努力的高处及程度。从关系角度看，高处是深处的目标或向往，深处是高处的支撑和底蕴。无深处即无高处，无高处亦无法彰显深处的价值。它们是对立统一的辩证关系，也是互补相生的两个向度。问题在于，人们只仰慕高处的风光，却不愿向深处扎根；只向往"树高千尺"的出人头地，却忽略"必有深根"的暗中成就。这就是人性的弱点。总想趋易避难、趋乐避苦，而获得轻易成功。世上哪有这样的好事！高处和深处、付出与收获，一般而言是成正比的。而且许多情况下，还是付出大于收获。冰山露出水面的一角，是靠下面的八分之七支撑的。白岩松曾说，所有的不平淡都是在忍耐了足够多的平淡之后诞生的。当努力成为一种习惯，成功便不会遥远。

我们还注意到这句话中另一个关键词——"黑暗"。树根是扎向"黑暗的地底"的。"黑暗"一词代表事物趋向或结果的模糊性、不确定性。人是追求确定性的存在。如果人的追求、付出、努力是向着黑暗或者不可预知的结局而去，那人还会有那么大的热情、动力、干劲吗？在这个意义上，人的权衡、退缩或规避是可以理解和有一定理由的。它的确是人性的纠结之惑、之困所在，当人想要向黑暗的地底扎根，但究竟要扎多深，扎到什么时候，什么程度，能不能出现人们期盼和追求的结果？当这一切都是非自明的和不确定的一片混沌的境界，是看不清上下左右四旁路向的时候，人的犹豫、怀疑、彷徨等都是可以理解的。为何很多人做事都是"靡不有初，鲜克有终"，就是因为面对考验时人性的溃败与放逐。但所有这些绝不能成为人们放弃努力、奋斗，向深处扎根的借口。相反，它恰恰是对人性最大的考验和挑战。须知，路都是人走出来的，机会和成功都是搏出来的，搏就有赌的成分，但也不尽然。它是基于对定律性东西认知和坚信的一种搏，如"苦寒凝梅香，磨砺出剑锋"的自然定性，胡适的"天下绝没有白费的努力"也是这个逻辑，世上没有白来的和轻易的成功。

所以我们应该真心敬佩那些在"幽幽暗暗、反反复复中追寻"的人，敬佩那些用"伸向黑暗"的根迎接"高处阳光"、追求不确定性明天的人，敬佩那些用"努力无憾，尽心无悔"的付出去搏击理想的人。他们是冲在前面、开辟先路的人，他们是努力奋斗、敢于创新的人，我们应该给他们大大地点赞，并向他们致以由衷的敬意！

我们在与什么竞争？

　　竞争是主体间为着利益目标、价值取向、优势地位等展开的较量争夺的行为活动。竞争是一种极为重要的发展机制。它能赋予竞争者们压力和动力，最大限度地激发人的潜质、潜能，提高学习和工作效率，对人的发展和社会进步都有重要的促进作用。竞争，从主体看，有个体竞争、群体竞争、组织机构竞争；从性质看，有良性竞争、恶性竞争；从竞争的覆盖性看，人类自然、社会和人的思维领域无不存在着竞争。自然界物竞天择、适者生存，千岩竞秀、万壑争流是一种竞争。社会领域，政治、经济、军事、教育等都充斥着竞争。人类思维领域，思想角逐、学术争鸣、文化较量、创新等，无一不被竞争所覆盖。可以说竞争无处不在，无时不有。尤其是在当下迅变的时代，激烈甚至残酷的竞争，更是成为一种常态、一种标签。它已经成为我们生活的组成部分，或者说成为人们的一种生存方式。

　　对每一个个体而言，身处这样一个竞争的时代，我们所面对的最大竞争对手，一是时间，二是自己。无论何种竞争都可以归结到这两个最重要、最本质的点上。

一、与时间竞争。其一，时间是事物存在的方式。就是说，一切事物都是在时间中存在、发展并消亡的。任何事物的存在都不能脱离时间，任何时间的过程都与事物共在。大千世界里，人是万物的灵长和精华，但同时也是最容易在时间中迷失的。这是因为时间是一种共享资源，无偿而又公平地提供给来到这个世界上的每个人免费享用。唯其如此，许多人都不觉其重要和可贵。轻忽怠慢时间、虚掷浪费时间、任意挥霍时间者比比皆是。其二，时间是一种沉默资源。跑得再快，时间不会点赞；跑得再慢，时间不会催促。它好比一位宽容慈和的长者，注视着芸芸众生，却从不置喙责备。它是最开放、最大度的智者，它让你主宰整个过程，不干预、不妄言。所以面对时间我们没有压力，有的只是对时间的漠视和任性。时间这样的特性，的确使人难以觉察，人都在与时间竞争，因而总是优哉游哉，虚度时光而不自知、不自危。其实时间看似无为，却胜似有为，看似沉默无声却胜似有声。它习惯于用长远的眼光看待人、评价人，以足够的耐心和期待，完成对人生的评价和"质检"。它习惯于用结果告诉你，当你怠慢自己主宰的过程，你会输得很惨！而且没有"翻盘"的机会。它以一去不复返的严峻和冷酷告诉你对它的挥霍浪费，惩罚不在眼前，而在将来。倘若时间给你开出"罚单"，就已经无法弥补和转圜了。当你的一生在蹉跎虚度、平庸悔恨中沉沦放逐，在无所作为、毫无建树中惨淡收场，这都是与时间竞争而败北的表现。在这个意义上，能自觉地意识到与时间竞争，珍惜利用开发时间者、获胜者，都是具有先知先觉大智慧的开悟人、明白人。如感叹"逝者如斯"的孔子，主张"贵阴贱璧"的刘向，提出"及时当勉励，岁月不待人"的陶渊明，都是这样的人。

与时间竞争最重要的是对闲暇时间的开发和利用。爱因斯坦曾说，人的差异产生于业余时间。林语堂也说，要真正了解一个人，只要看他怎样利用余暇时光就可以了。星云大师认为，人的区别在于8小时之外如何运用，8小时之内决定现在，8小时之外决定未来。如果我们能像上述所说，管理、开发和利用好"余暇时光"，就无异于延长了生命的有效时间。这样的人开悟于前、努力为上，想不成功都难。

二、与自己竞争。人表面看起来是与对象竞争、对手竞争，与别人博弈争胜。实际上是在与自己较劲和比拼、竞争。从人的主体性来看，人是自身的主宰，自为的存在，其一生就是与这种主宰权和主宰程度的竞争与掌控。如果你主宰不了自己，就只能被别人主宰。正如尼采所说，不能听命于自己者，就要受命于他人。人不甘于"被别人主宰""受命于他人"的命运，就要竞胜独立自由的人生。从竞争的依凭看，人是凭借自己的知识、能力、本领、才干等与外界竞争的，虽然并不排除外在机运、贵人相助等因素，但外因只是变化的条件，且只有与内因结合才能起作用，而最根本的还是依靠自身的实力和努力。从竞争的目的看，所有的竞争都是为了强大自我，然后才能制胜，才能立于不败之地。喻而言之，只有当你"木秀于林"时，你才能争得高处的阳光和生长的空间；只有当你"鹤立鸡群"时，你才能被突显而出彩。在这个意义上可以说，任何竞争都是属己的竞争。即便将主体放大为团队、单位来看，竞争也是依靠团队或单位自身力量的竞争，它们也是放大的自己。从人的价值属性看，最重要的是提升自我价值。在我们这个"发光金子"稀缺的社会，你是金子，机运自来；你若精彩，天自安排。而成为"金子"和"出彩"的过程，就是自我竞争和超越、提高自身价值的过程。这就是竞争属己的本质。

如何在与自我的竞争中制胜呢？老子说，自知者明，自胜者强。人最难的是战胜自己。不少违纪官员，他们能坐到那样的高位，能力上都不是等闲之辈。但为何没能善终？关键是战胜不了金钱、美色、权力等的诱惑、贪欲的绑架，最终沦为阶下囚。孟子说，天将降大任于是人也，必先苦其心志，劳其筋骨，饿其体肤，空乏其身，行拂乱其所为，所以动心忍性，曾益其所不能。一系列的磨砺考验其实都是以"曾益其所不能"为目的的自我竞争。任正非44岁时，在经营中被骗了200万，被国企除名，妻离子散的他带着老爹老娘、弟弟妹妹在深圳住棚室，后创立了华为。当时的他没有资本、没有人脉、没有资源、没有技术，没有市场经验，唯有勇敢向前的劲头。而后的他用27年把华为带到世界500强，行业世界第一的位置。跌倒不可怕，可怕的是再也站不起来。这是与自己的厄运、磨难竞争。扛住了，挺过去了，柳暗花明；否则，万劫不复。这就是自胜者强的典型。

总之，"时间"与"自己"是竞争的两个根本点，而且是统一的、不可分拆的。自己是存在于时间中的自己，时间是被自己利用着的时间。离开了时间的自己和脱离了自己的时间，都是毫无意义的。败给自己者，大多败给了时间；败给时间者，皆因败给了自己。只有当你自己成为驾驭时间的主人，时间才会把竞争的成功回馈给你。

人生与时间

　　人生当然很长，可以指人的生存、人的一生。但若摊薄到时间的坐标上、落实到时间的具体使用上，又觉得时间很短。人都有生命长寿的欲望，如果可能的话，没有谁不喜欢活到耄耋之年，甚至期颐之年。从生命的时间配置看，人一生若按81岁算，一天睡8个小时，就睡掉了1/3的时间，整整27年。如果再扣除职前学习的时间等，人真正用于工作、奉献社会、成就自我的时间，就缩水得更多了。所以人活着不能浑浑噩噩，虚度时光，必须有鲜明的时间意识、有时间的紧迫感，正如莎士比亚说，放弃时间的人，时间也放弃他。在马克思眼里，"时间就是能力等等发展的地盘"。你不珍惜时间，就会被时间放逐，被能力抛弃。

　　人生是由时间组成的。正如富兰克林所言，时间是组成生命的材料。人基本上决定不了一生时间的长度，所能延展的生命时光的长度也是有限的。但人对时间的管理、开发、利用效率，却能决定人生的高度和质量。

一、时间的科学管理。每个人都是自己时间的消费者，都需要对自己使用的时间进行管理。科学管理时间，主要是指对时间的合理管控与配置。将时间用在该用的地方，使时间用有所值，这是时间管理的真谛。其实，合理地安排时间就等于节约时间。而我们却不善于管理和珍惜时间，任由其流逝而不觉知，或虚耗在许多不靠谱的人和事上。所以科学管理时间，一是要过滤你周围的人，缩小你的朋友圈，把时间留给靠谱的人。你的时间那么宝贵，应付不过来那么多的人际交往。二是需要筛拣你要做的事。不是所有的事都值得做、都应该做。所以必须要有所筛拣。把不重要的、可做可不做的、无价值或意义不大的那些事，从日程表中删除，为自己减负；或者对要做的事做一个重新排序，尽量把值得做的、有价值的事排在优先要做的位次上，保证它的完成和落实，然后若有余裕的时间再去处理其他事。

二、时间的开发利用。时间是一个常量，但也是一个变量，它是一种弹性资源，是可以开发利用、实现增值的。欧阳修说他的好文章都是在"三上"得之，即枕上、马上和厕上。三国时的董遇读书利用"三余"时间：即"冬者岁之余，夜者日之余，阴雨者时之余"。这些利用时间的实践佳话，也当是我们学习的楷模和遵循。

三、时间的利用效率。当我们注意到时间的宝贵，并把时间用到靠谱的人和事时，还有一个时间效率问题。时间效率就是高质量地完成工作所花费的时间的多少。提高时间利用效率，一要克服拖沓延宕的积习。所谓拖沓就是许多事情不是立刻着手、马上就办，而是拖一拖、放一放、停一停、等一等，导致时间如"逝川与流光，飘忽不相待"，毫无效率可言，也失去了进步和发展的机会。二是心要静专，入得进。提高做事效率，贵在静专，进入状态。譬如读书，只有心定神凝，全心投入，才能读进去，读出效果来。否则"眼中了了，心下匆匆，最是不济事"。三要有提高效率的方法智慧。有方法智慧，做事都能做到点子上、节骨眼上，处理问题都能抓住关键要害，事半功倍，时间利用的效率自然就大幅提高。反之，如果你没有方法智慧，没有点子，毫无办法，不使巧劲，剩下的当然只能瞎忙活一场，哪里还有效率呢？

珍惜时间吧！精彩人生是在时间中成就的，生命的价值是在时间中被赋予的。

幸福是正确的安放

　　安放，字面直解就是物品的安置摆放。广义地看，思想的安顿、心灵的栖息、精神的皈依，亦可属于安放的引申含义。正确的安放是指被安放的对象得其所哉，找到了自己所属的应然的位置。幸福就是正确的安放，不知有多少人能明白这个幸福的真谛。许是因为世界上阴差阳错事太多了，职业的错位、婚姻的凑合、待人的自是、关系的糟糕等，正所谓人生不如意十之八九。正因为正确安放之不易，才衬出正确安放的弥足珍贵以及与幸福的纠缠、交集和关系。的确，正确的安放，意味着实现了正确的匹配，找到了生命的安顿，实现了关系的和谐，幸福自然会按响你的门铃。

　　我们不妨从几个角度讨论一下"幸福是正确的安放"。

　　一、"幸福是把灵魂安放在最适当的位置。"这句话是古希腊哲学家亚里士多德说的。灵魂是一个虚化的哲学和宗教概念，一般被认为，灵魂是人脑综合功能的表征，是与意识、精神、心理活动等相类同的概念。安放灵魂是人的一种精神层面的"高大上"的追求，对于适合于这类追求并实现这一追求的人，无疑是幸福的。如果说，日常生活安顿我们的生命，阅读思考就安顿我们的灵魂。一是读适合自己的书是幸福的。俄国的鲁巴金说过，凡是最适应你个性和素质的书籍，比如说，适应你的知识积累，你的智力储备，你的意愿志向、知识水平和智力发展的书籍，对你都是最为适宜的。读这样的书，你会感到适需切用、达已有成，自然是幸福而沉醉的。思考是与阅读相伴的思维活动。英国哲学家洛克说过，思考才使我们阅读的东西成为我们自己的。尤其当我们在方向、难度、喜好上适合读自己的书时，思考起来更会动力十足、不遗余力，自然会有所斩获，充满幸福。

二、幸福是把职业安放在最适合的位置。人是社会的存在，社会存在的人必须要谋得一个职业，以便为自己获取安身立命的资源和立足社会的本质空间。衡量人的职业幸福的首要标准，就是人与职业的契合程度和匹配程度。人职匹配是一种多元匹配，包括人的爱好、能力、特长、禀赋、专业等，当你谋得的职业与这些因素相吻合时，你就获得了最适合自己的职业安顿。它有利于你专业精进、特长发挥、能力提升、成长进步；有利于你在职业岗位上建功立业，成为出彩的人、有料的人。而事实上，实现这样的匹配安放并非易事，在就业岗位成为稀缺资源，职业选人而不是人选职业成为常态的背景下，得到一个最适合自己的岗位，能与这样难得的职业相拥，真是"不乐复何如"。

三、幸福是把思想安放在最有价值的位置。安放思想是属于中国"立德、立功、立言""三不朽"中的"立言"行为。有人说，在这个世上最难的有两件事：一是把别人的钱装进自己的口袋，二是把自己的思想装进别人的脑袋。如果我们能把"思想装进别人的脑袋"这件事做成了，难道不是件幸福的事吗？思想的安放作为幸福的最大的理由在于，它是超越物质需求的一种精神成就。这一成就因难能而可贵，是可以"虽久不废，谓之不朽"能行之久远的存在。格雷厄姆·沃拉斯指出，就像我们可以选择在森林中呼吸更为纯净的空气一样，我们可以选择把思想置于更高的境地。这种选择的超越价值正如英国逻辑经验主义哲学家维特根斯坦指出的，人是要变成灰烬的，但精神将在灰烬的上空迂回盘旋。他的老师罗素则从思想成果诞生的过程和环境需求角度考虑，认为快乐的生活必定在很大程度上属于静谧的生活，因为唯有在静谧的氛围中，真正的快乐才可能存在。思想的安放需要静好的环境给力，才能实现生命的静好。生命的静好是在"立言"的过程中，体悟到了自己的精神成长，并给别人提供了精神能源，是感受到了自己存在的价值、自信的力量和生命的标高。它当然是幸福满满、其乐陶陶的。

四、幸福是待人对己把关系处置安放得得体。马克思认为人是社会关系的总和。人生活在社会上，必然要和各种人打交道。如果我们不能处理好人与人之间的关系，那将是很痛苦和悲哀的。比如在家与父母，在校与教师和同学，在工作中与领导和同事。所以处理好待人或对己的关系，是人的幸福的一个非常重要的方面。一位16岁少年去拜访一位年长的智者，问他：怎样才能成为自己愉快也带给别人快乐的人呢？智者送他四句话：把自己当别人，把别人当自己，把别人当别人，把自己当自己。他说如果少年做到了，就找到了问题的答案。把自己当别人，是在自己痛苦忧伤的时候，你的痛苦就会减轻；当你欣喜若狂的时候，又可以平复自己。把别人当自己，就可以真正同情别人的不幸，理解别人的需要，并且在别人需要帮助的时候，给予恰当的帮助。把别人当别人，就是充分尊重每个人的独立性，在任何情况下都不能侵犯他人的核心领域。把自己当自己，是一种更高层面的对主体的反思，它是反躬自问、反求诸己的一种自立、自强的过程。这四种为人处世的策略和境界，讲的就是待人对己关系的处理和位置的安放的模式，它是一种生活态度、一种精神境界，能让我们看到看不到的生命景象，并品味幸福。

概念的澄明

概念是思维的细胞，由此组成的判断，进而衍扩为推理，是理性认识和逻辑思维的基本形态。

守望初心

2017年，汉语热词评选尘埃落定，"初心"这个词与"享"等词被评为年度最热词，这固然与其曝光的频密度有关，也与其深刻的理论意涵和内蕴的励志的正能量有关。

"不忘初心"出自《华严经》的"不忘初心，方得始终"。意思是只有坚守本心，才能德行圆满。2016年7月1日，这个词因习近平总书记在庆祝中国共产党成立95周年大会上讲话引述而广泛传播。走得再远、走到再光辉的未来，也不能忘记走过的过去，不能忘记为什么出发。面向未来，面对挑战，全党同志一定要不忘初心、继续前进。

"初心"是什么？《朗读者》的开场白解释：初心可能是一份远大的志向，世界能不能变得更好，我要去试试；初心也许是一个简单的愿望，凭知识改变命运，靠本事赢得荣誉。我们认为，初心是人做某事最早的初衷、最初的原因。从哲学层面看，初心是人追求存在价值的本真之心。哲学的三大追问——我是谁？来自哪里？要到哪去？其中，面向未来的"要到哪去"，并不是一个空间、地点概念，而是人对人之为人、成为怎样的人终极目标的思考。而这就是人的初心所系，它是对人存在的价值和意义的探寻。从应然层面看，初心是人的追梦之心。梦是对人生理想的憧憬，对未来和远方的神往。人的发展有不同的方向和目标，每个人根据自己的兴趣、特长和能力，最初都会在内心为自己设定应然的人生目标，但真正实现这一目标或圆自己理想之梦的人并不多。这是因为"梦"是人生最美的景，是一种理想化的高端境界，达及这样的高端境界很难。所以在追梦的路上，很多人掉队了、迷失了或放弃了，这也正是习近平总书记告诫我们"不忘初心"的缘由。

初心是人追求成功的向往之心，它的坚守和实现并非易事。在实现理想目标的路上，我们该怎样守望初心呢？

一、用勤奋守望初心。"勤"有做事尽力、经常之意，"奋"是指鸟鼓翼奋飞。合起来可解释为勤勉、奋起。勤奋是人成功或者说实现初心的不二法门。《尚书》有言："功崇惟志，业广惟勤。"韩愈也说："业精于勤，荒于嬉；行成于思，毁于随。"勤奋是"撸起袖子加油干"的生动诠释，是事业成功的基础，是自强不息的动能。人生有了勤奋刻苦的伴随，几乎可以说无往不胜。许多创业者或事业有成者的成功，无不是用辛勤的汗水浇灌，靠奋斗的拼搏成就。这就是"天道酬勤"。人在这个世上活过，一定要靠勤奋打拼，靠自强进取，守望自己的初心，这样你才会活得充实精彩，活出自己的价值和尊严。

二、用精益守望初心。精益，即精益求精之谓也。它是指做事的一种认真态度，也可以说是人的一种自我管理的哲学，同时，也是我们推崇的工匠精神的核心。人做事只有具备精益之心，高标准、严要求自己，才能实现自己向往的初心。毛泽东同志指出，世界上怕就怕认真二字。共产党就最讲认真，所以中国共产党带领中国人民成就了百年伟业。反之，如果你没有精益之心，做事总是糊弄应付、敷衍了事，就只能与"初心"渐行渐远、永无交集。譬如，一位教师刚入职时，可能有成为优秀教师或名师的初心，但如果在从教实践中没有精益之心，缺乏认真的敬业精神，职业怠倦甚至厌教、混教，这样的教师注定沦为庸师，绝对与自己的初心无缘。用精益精神守望初心，追求做事的质量，追求没有最好、只有更好的境界，久之，必然能圆梦出彩，成就自我。

三、用坚持守望初心。坚持是坚守秉持之意，是不改变、不动摇、始终如一之意。它是与"守望初心"最搭的一个词。强调不忘初心，其实就是强调对初心的坚持而不放弃。这样才能在不懈追求、久久为功的坚守中实现初心。司马迁忍受腐刑之辱，历时18年，践行完成父志遗愿的承诺，完成了被称为"史家之绝唱，无韵之离骚"的《史记》。"为中华之崛起而读书"是周恩来的初心，他为之奋斗一生。大国工匠毛腊生是铸造导弹舱体的翻砂工。九三阅兵红旗12导弹舱体就是他造出来的，39年来他只做了一件事——读懂砂子，铸好导弹。39年的坚守，不改初心，矢志不渝，才成就了红旗12的飞天，为中国军工事业的赶超和腾飞做出了卓越贡献。但有时处于量变过程的坚持效果并不明显，这也正是人们放弃坚持、改变初心的缘故。殊不知，真正的坚持如"园中之草，不见其长，而日有所增"，它是不会被辜负的。不幸的是，许多人过不了坚持的磨砺和检验这个"坎"，没有韧劲和长性，假以时日，难以见效，就会放弃坚守、打回原形。这就更加彰显了不忘初心、贵在坚持的难得与可贵。

所以，不忘初心，贵在勤奋，要在精益，成在坚守。有初心在，走得再远，我们依然会坚定地靠近它；没有初心在，只能落得"鲜克有终"的结局。

高贵的诠释

"高贵"是一个美好的词语，人们大都追求高贵。过程中，有的人不理解高贵的真正内涵，例如，把外在包装的华贵视为高贵，把出身的显贵视为高贵，把身价的富有视为高贵，把位高权重视为高贵。其实这些都不是高贵的本真含义，而是对高贵的曲解。高贵是用于描述人的品行、思想、情怀和担当等方面出众的一个词。活了105岁的杨绛先生毅然将自己的积蓄全部捐赠给好读书的学子，其慷慨值得世人敬仰和仿效，也是真正的高贵之举。

认为皇室金樽、朱门豪宅是高贵，农家粗碗、村舍陋院是低贱，这是对高贵浅薄且形式主义的解读。财富本身并不象征高贵，有的富人自以为"贵"与真正的高贵相去甚远。高贵也不是出身的显贵，所谓"王侯将相宁有种乎"？出身门第是先赋的，门第的显赫只是一个形式的标签，它与本质上高贵与否并无必然联系。高贵当然也不是位高权重，位高权重只是一个身份的符号。位高权重者如果专权、暴戾、跋扈、徇私、私己等，就只能走向高贵的反面，遭人唾弃。

真正的高贵是经由修炼而成的内化于生命的一种气质、一种涵养、一种品格，外化后表现为一种慈悲、一种责任、一种担当。它有着自己不同的表现形式。

富而能施是一种高贵。邵逸夫并非香港最有钱的人，但他从1985年起，平均每年向内地捐赠1亿多元，数十年来，捐献教学楼6000余座，"逸夫楼"遍布祖国大江南北。拥有财富不私享、不独富，而是博施于众、惠及他人，这是一种高贵。

穷且益坚是一种高贵。陶渊明"不为五斗米折腰"，李白"安能摧眉折腰事权贵，使我不得开心颜"，这种"威武不能屈，富贵不能淫，贫贱不能移"的浩然之气、青云之志和不屈傲骨是一种高贵。还有杜甫自己的茅屋为秋风所破，屋里漏得"雨脚如麻未断绝"，但还想着"何时眼前突兀现此屋""大庇天下寒士俱欢颜"，这种仁爱初心、乐善情怀是一种高贵。

穷而能施是一种高贵。富而能施是一种有能力、有余力的给予，是一种善行；而自己很贫困，却还想着要接济施爱于更弱势的群体，这样的人是高贵且难得的。感动中国人物——93岁的天津老人白芳礼，蹬三轮车近20年，为300个贫困孩子捐出35万元助学款。一个冬天他到天津耀华中学，递上饭盒里的500元，说："我干不动了，以后可能不能再捐了，这是我最后的一笔钱。"在场的教师们全哭了。这就是高贵，这就是德行，这就是境界。看到这样的文字，我一次次情难自已、热泪沾襟，被感动的何止是受捐者，还有和我一样看到这一报道的人。他感动了中国，震撼了中国。这才是真正的高贵，我们必须向这样的人致以最崇高的敬意。没有显赫的社会地位，也没有很多的金钱，但这样的人有一颗高贵的、令人仰望的灵魂，有配得上任何褒奖和荣誉的可贵品质。

央视曾推出一档关于"国家记忆"的节目，其中一期题为"永不过时的劳模精神"，让我印象深刻。节目围绕劳动模范王进喜、时传祥、张秉贵、孟泰、史来贺等人的故事展开，通过一个个平凡而又闪光的回忆标记真正的时代精神符号。这些模范是具有高贵内涵的国之瑰宝，是民族脊梁、人民楷模，他们身上所呈现的可贵精神是我们民族的财富和骄傲。相比起娱乐节目，我个人更喜欢这样充满正能量的节目。在我心里，大力弘扬和传播正能量是一种正确的价值取向，这样的节目更为厚重，能激发人们向这些典范学习，弘扬社会主义核心价值观，共同为实现中国梦砥砺前行。

幸福的解析

　　随着祖国的日渐强盛和人们生活水平的不断提高，"幸福"成为人们谈论、热议的高频词。但我们总是喜欢把幸福想得太高大上，觉得它离我们很遥远。我们为什么总也找不到幸福，或者总是埋怨幸福不来敲响自己的门环。其实这是由我们对幸福的认知迷误造成的。

　　一是理想化迷误。理想化迷误是将幸福棚架化。总想伸手够着天，而不愿双脚踩着地。沉迷于想入非非的心造幸福的虚幻臆想之中，如"高官厚禄中大奖，别墅豪车娶美妻"等。这样的幸福往往脱离实际，不接地气，是玄想中的、梦幻中的，很难实现。

　　二是比较化迷误。幸福是因人而异的。我们总想在与别人的比较中找寻幸福，但又没有找到适合自己的正确的比较点。他们比高不比低，比好不比差，比享受不比出力，比索取不比奉献，比个别冒尖不比大多数。这样的比较实际是一种无视现实和自身条件的贪婪心态作祟。这样的比较只能"人比人，气死人"，比出牢骚、怨气，哪里还会有幸福感。

三是结果化迷误。过于看重结果，而忽略产生结果的过程。总认为只有获取了那个结果，才是幸福的。其实幸福存在于追求的过程中，而且这样的幸福是一步步、渐进式实现的，每一步趋向结果、接近成功的过程都是幸福的。而我们老想着牛顿的苹果一下砸中自己脑袋，幸福的神剧立马成为现实，世上哪有这种不经过程积累、奋斗争取而来的幸福呢？不看重过程的幸福、幸福的过程，我们又无限地压缩了幸福的领地，所以总感到幸福的稀缺难得。

幸福是什么？幸福在哪里？为什么不与我们过从往来，总离我们那么遥远？其实这种距离感是我们自己太过高化、神化幸福，把幸福推入邈远之境，从而遮蔽了幸福的结果。还有认知迷误、贪婪心态等也是我们身处幸福之中而不觉知，"不识幸福真面目"的原因。而事实上，幸福无处不在，无时不有，它就在我们身边，环绕、包围、伴随、守护着我们。

认识幸福，需要还原幸福真相。幸福是生活，但生活并非全是幸福。生活的主基调是平淡，而我们老是想在平淡之外找寻幸福。这就等于将幸福与生活相剥离，或者说将幸福排斥于生活之外，问题是，失去了生活之"皮"，幸福之"毛"又将焉附。所以总想脱离生活去寻求轰轰烈烈的幸福是不现实的。其实，平淡是真，亦是福，这是我们在幽暗反复的追寻后才认识到的。换言之，平淡是幸福的真谛，幸福寓于平淡之中。如果我们调适自己的幸福观，换一个视角看幸福，降低幸福阈值的门槛，就会发现幸福就在我们身边，就在我们的生活中。

幸福是期待的实现和满足。一老板经营出现了问题，但员工不知道，都很努力干活。年终了，按惯例至少要加发2个月的奖金，可老板的钱充其量只能发一个月，员工肯定不满意。怎么办呢？于是，老板开始放风，由于营业不佳，年底要裁员。员工人人惶恐，生怕裁到自己，丢了饭碗。见状老板又说，考虑大家与企业同甘共苦、敬业爱岗，可能不裁员了，但奖金肯定没得发了。听说不要卷铺盖或被炒鱿鱼了，大家还是多了一层喜悦。年底，董事长召集主管开紧急会，没几分钟主管回来，兴奋地高喊有了有了，还是有年终奖，整整一个月。于是大家一起山呼万岁。可以说，这时每个人都沉浸在幸福之中。

幸福是一种比较优势。不代表有多高大上。电影《求求你，表扬我》有一段经典台词："在很饿的时候你有一个馒头，而我没有，你就比我幸福；在很冷的天里你有一件棉袄，而我没有，你就比我幸福；在很急的时候你有一个茅坑蹲，而我没有，你就比我幸福。"这就是一种接地气的实实在在的幸福，比之我们想追求的那些水月镜像实现不了的幸福，来得更踏实、更切实际。

幸福是一种追求的过程。亚里士多德说，笛子存在的意义就是完美地被吹奏。完美地被吹奏的笛子如果有知，一定会感到是幸福的。而况人乎？任正非说，只有奋斗，你的资本（指年轻）

才有价值；只有努力，你的年轻才值得炫耀。人存在的意义就是进取和追求。进取和追求本身及过程就是一种幸福。因为它彰显人的本质，使人活着有存在感；有目标牵引，使人活着有方向感；有前行动能，使人活着有充实感；有向往盼头，使人活着有期待感。这些"感"的真谛，其实就是人存在的核心价值，就是一种深刻的幸福感。它标志着你曾在这个世界上精彩地活过，而这其实比最终成功与否更为重要。

说浮躁

浮躁，是指人心绪不宁，静不下来，做事不沉稳、无长性等表征。我们曾经历社会高速发展和变化的历史时期，人们难免面对诱惑。诱惑一来，有的人就容易被裹挟，难以自静其心；人就容易随惑而舞、逐惑而动，变得浮躁而难以自已。在纷繁复杂的社会生活中，有的人喜欢炫耀自己朋友多、交际面广，常常迷失在与所谓朋友的应酬周旋之中，其实这些往往都是酒肉之交，除了能给人带来虚无缥缈的错觉，让人心浮气躁，没有真正的价值和意义。还有一部分人无法有效调节竞争带来的压力，从而变得焦虑。沉浸在海量信息的满足中无法提取有价值的信息也是导致浮躁的一大诱因。比如有一些在校大学生，平时不是在群聊里面神侃，在微信朋友圈里面"溜达"，就是抱着手机刷视频、看段子，虚耗了许多时光。有人调侃：大学还在，读书的人没了。

浮躁是心态的躁动。表现为心浮气躁，喜欢扎堆凑趣的热闹，沸反盈天的喧嚣，出鼻子露脸的炒作，没有沉潜之心、静定之态。浮躁是心气的躁妄。虚火攻心，心气过高，做事总想妄取强求，急于事功，既不想付出，又想获得意外的"馅饼"。你要与他合作，他总问你，能赚钱吗？容易赚吗？来得快吗？躁妄之心昭然。浮躁是心境的躁进。缺乏平和之心、平静之状、平淡之态。心里老是跟长草似的、猫抓似的，浮躁得像风中止不住的幡，像水中按不下去的葫芦，像鞭下停不住的陀螺，已难以把持，不能自已，根本静不下来。以读书为例，当下，我们已浮躁到只能碎片化阅读。2014年，时任北京大学图书馆副馆长肖珑曾表示，2014年当年北大图书馆书籍借阅总数为62万本，是最近10年的最低数量，而在2006年这个数字是107万本。2016年，中国教育报《校园阅读：如何读出"深"味儿》一文指出：学生每天花费很多时间浏览网页、微信、微博等新媒体，碎片化的浅层次阅读冲击传统的深层次阅读，阅读的内容更趋实用化、消遣化，这已然成为高等教育领域和大学校园中不可回避的问题。

浮躁是人性中的大敌。它与事物成功的本质是相左的。浮躁者总想趋易避难、趋乐避苦，幻想轻而易举的成功。世上哪有这等好事，多数成功都是玉汝于成的。不历经艰辛的攀登，哪有登顶的辉煌；不为伊憔悴地付出，何来成功的喜悦！一如冰心所言：成功的花儿，人们只惊慕它现时的明艳，然而当初它的芽儿，浸透奋斗的泪泉，洒遍了牺牲的血雨。

人需要战胜浮躁，才能走向成功。

一、收拾心境。心境是人的心灵状态或心理取向。与心情那种短暂的心理感受不同，心境是人的心性的或精神的一种长久的和持续的状态。与浮躁相对的是人的静专或静笃的心境。这种心境是在长期的心性修炼中养成的。比如，那种有根性、有定力，坐得住"冷板凳"的人，通过长期研究、写作、思考练就的一种功力，就是心境。再比如，有的人处变不惊、临危不乱，有着难得的沉稳和大气，能够洞明世事，心境于他而言是一种经历人生磨炼后生成的一种素养。浮躁者应该以这样的人为榜样，收拾心境，修养心性，才能去浮躁，却心魔，成就生命的静好。

二、沉潜蓄势。事物的发展和成功是一个过程。世上哪有尚未开局就直奔结局的事情，也鲜有不经量变就直接质变的事情。而浮躁的人总想不打地基，甚至也不必经历盖一二两层的辛苦，最好直接呈现那最轩敞、最漂亮的顶层。不想经历过程，妄想一蹴而就是这类人最典型的心态。事物的发展是一个持续积累、蓄势，还需要不断精进和努力，而后才可能水到渠成的过程。没有冬的涵养、春的播种、夏的耕耘，哪有秋的收获？如果你想成为江河，就先从水滴做起；如果你想成为大树，就先从嫩芽长起。明乎此，浮躁者应先做好沉潜蓄势的功课，然后才能应对走向人生成功的大考。这就是所谓时光不语、静待花开。

三、坚定守望。浮躁者有时也会做出一些努力，付出一些汗水，但大多无长性、无定力，缺乏坚守和可持续性，这就是浮躁者有时可能也会获得小的成功、小的斩获，但绝对不会有大的成功，更不能成大的气候的原因。他的格局定位，他的付出程度，他的坚守品质，决定了他的成功的高度。苏轼说："古来成大事者，不唯有超世之才，亦有坚韧不拔之志也。""坚韧不拔之志"讲的就是人需要持之以恒地坚持、坚守，唯有这样的坚守从来是不会被辜负的。当浮躁者羡慕别人的成功，叹息自己的望尘莫及时，有没有反躬自问，我坚持了吗？我坚持的时间和程度与我期待的成功相匹配了吗？如果答案是否定的，那就别再想入非非、庸人自扰了。

说压力

人是怎么生出来的？是靠生命的压力从母亲的子宫中挤出来的。没有压力，人就不可能来到这个世界。因此，压力是伴随一生的存在。人在这个世界上不可能没有压力，而且压力无处不在，如影随形，伴你左右。只是压力大小和压力内容不同而已。压力是人的一种主观感受，它是富有挑战性的事物、工作上的困难或生活中的不顺等给人带来的心理压抑、思想包袱和精神焦虑。在压力面前，人总是感觉活得沉重、沉闷，有一种透不过气来的感觉，有一种潜在的危机、威胁环伺左右。所以，许多人害怕压力，觉得压力是一种精神负累、一种不能承受之重。人在压力之下难免活得憋屈、沉重、太累。

诚然，压力是一柄双刃剑。既有正面积极的意义，也有负面消极的作用，我们需要的是扬长避短、趋利避害，既有所斩获，又避免伤及自身。

从积极的取向看，压力是好事。有压力，人才有存在感或价值感。说明你被人们需要，证明你是有价值的人，是被群体、组织或别人依赖、信任和器重的人。许多繁难重要的事都找上你，说明这些事离不开你，你是组织中的"最重要的少数"。所以，你应该感谢那些让你独当一面的人，感谢那些给你压力的人，感谢给你平台的人。因为，那是机会，那是信任，那是你展示才华、彰显价值的舞台。反之，没有压力，你可能轻松了，但同时也说明你可能已经被"边缘化"了。

对于压力带给我们的辛苦劳累，不要抱怨，而应把它看成提供给你的练能力、长本事的机会。也不要心理不平衡，觉得自己多劳多干却没有多得，吃亏了。甚至还会被那些轻松逍遥的人讥讽。实际上真正傻的是他们自己。他们以为自己活得轻松、取巧、洒脱，岂知失去的是最重要的锻炼、成长和发展的机会。

压力的重要性还表现在它是进取的动力。铁人王进喜曾说，人无压力轻飘飘，井无压力不出油。人一旦没有压力，惰性的积习就会抬头，进取的意识就会衰减，进而在宽松的环境里找不着北，最终在懈怠混事中走向退化。在职在岗时如果不给自己压力，整天无所事事，人跟退休了没区别。只要做事，尤其是想做成事、做好事，就必然有压力。如果你还想进步，还有上进心、进取心，适度的压力于你而言并非坏事。好像跑步，如果你跑在别人后面，压力会使你想追赶上去；如果你跑在别人前面，压力会使你不想被后人超越。这就是压力转换成的动力。

从消极取向看压力，压力不能太大。过大的压力容易把人压垮。现实生活中，一些人因压力过大而患上抑郁症。如果压力持续加大而无法排解，这些人甚至会以极端的方式对待生命。人能承载的压力不是无限的。压力一旦超过人的承载极限，就会产生问题。

如何化解压力的负能量？最重要的是靠自己调节平衡，或者说以自我调适为主。自我调适需要修炼一颗强大的心灵，要能够抗挫屈、藐困厄，有"艰难困苦、玉汝于成"的信念，有"天塌下来当被盖"的心态，这样寒侵暑曝，百毒不侵，重压无奈，是最高境界。任正非44岁时被逼无奈创业，顶着压力向前才成就了如今的华为。要学会自我宽解，应难处变，让自己的心态适应随时变化的环境和局面，而不是被环境和困局左右、支配。要有疏解、释放或转移外部干预的机制，如心理疏导、情绪释放、行为转移、焦虑化解等。但最好的方法，还是要提高自己的能力，完成自己本以为完不成的任务，这样从压力的源头彻底解决问题，才是最好的解压之道。

总之，我们需要正确认识压力，充分发挥压力的正能量；同时，也不能忽略压力的负能量，用科学的方法去化解它、战胜它。

说静好

"静好"这个词，也是新近才频繁出现的，我很喜欢这个词。安静而美好，一个很有意境并充满想象张力的词，它代表一种围上身来的静谧的氛围，表达一种恬静而舒悦的意境，寄托一种安详而又美好的情愫。

"静好"是由"静"和"好"两个语素构成的合成词。从语素间的关系看，是平行叠加的并列关系。但从语义生成内在关系看，则体现了由静到好的因果关系，也是一种手段与目的相互依存的逻辑关系。"静"是手段层面的存在，而"好"则是目的层面的存在。就是说，由静而产生的那种良好的氛围或主体所保有的那种"去浮躁化"的良好心态，是保证"好"的目标实现的前提和必要条件。反过来，"好"的目标的达成，又进而强化"静"的认同和坚守，构成二者的统一和良性循环。"静"是中国古人推崇的大智慧。《大学》云：静而后能安，安而后能虑，虑而后能得。在这样一个连锁生成的逻辑链条上，"静"是人安定、思虑和有所得的前提和基础。

在这样一个逐利、喧嚣、浮躁的时代，怎样做到和实现静好的境界呢？

一、拒绝浮躁。浮躁和静好是一对矛盾，或者说是一种博弈关系。二者之间始终存在着此消彼长的关系。浮躁的砝码重一分，静好的分量就会减一分，静好一端的天平就会向上翘起。在这个意义上，追求静好实际上就是和浮躁做斗争。浮躁是人的身心固有的一种轻浮焦躁之气，表现为急功近利、急于求成、急不可耐等。尤其是在外部诱因的催化下，这种急和躁的征候就更加难以遏止。而人一旦内心不平静，为人处世就会显得骄矜、浮躁、浅薄。拒绝浮躁是人的心性的修炼。要有定准、定力、定性，有压得住浮躁的心气、心力、心劲。不慕时风，独具我思；不和众嚣，独具我见。这样我们才能守静自持、远离浮躁，从而成就生命的静好。

二、读书致雅。拒绝浮躁，追求静好，不仅要重视心性的修炼，还必须找到一种抵抗浮躁的形式或抓手，那就是读书。书香濡染，读书致雅，是一种织入人们思想经纬的共识。雅是文雅，人一文雅，便彬彬而有礼，集雅而能静。而粗鄙或内涵不足之人，多浅薄浮躁之徒，盖因缺了书香底蕴、人文雅致。所以追求生命静好，必须向读书中求。读书的人都有体会，当我们沉下心去专静地读书、思考的时候，就会融入一个美好而理生的世界。这时功名之心、得失纷扰、浮躁之气，即远去了、消遁了。人在读书中得到了精神的调适、心灵的休憩、生命的滋养。人应当学会和运用这样的方法宁静致雅，诗意地栖居，彰显生命的定力和华彩。

三、自信从容。唯自信，方从容。自信就是自己相信自己。就是对自己做事的能力和才干有信心、有底气，知道自己一定能做好。人有了这样的自信，就有了静定的力量。从容就是一种静好的状态和境界。它源于自信，是自信所带来的一种沉稳和大气。自信者，哪怕面对诸多棘手的难事，也不浮躁焦虑，而是踏踏实实、从容不迫地去做。从容者，做事不乱方寸，胸中有数，有节奏，有条理，有板有眼，张弛有度，故能提高效率、事半功倍。这样的做事风格，才是人们所追求的出彩的状态和静好的境界。

说孤独

孤独是对人的处境或感受的一种描述。从处境上看，孤单无依、孑然伶仃，是孤独的。从感受上说，孤独是人的一种心理上落寞或落单的生命体验。对孤独的评价褒贬不一，从生存保障层面看，孤独诚然是不好的，比如鳏、寡、孤、独都被视为一种落单或无依靠的生活状态。但倘若从人的精神发展层面看，我认为孤独是一种值得肯定的价值存在或生命状态。在这个意义上，孤是独处，独是独立，是自成人格或世界。人的精神发展、思想建构、生命出彩都离不开孤独。

孤独的价值，在于人在孤独中是放松的、自由的。没有熙攘世事的打扰，没有狐朋狗友的邀约，不致身不由己地应酬、随俗从众地被裹挟。你想做什么，不想做什么，都不能自主，无法掌控，这种自由不在、自我迷失的绑架，正是"去孤独化"的代价。孤独，就不一样了。孤独者，我行我素，独往独来，没有牵绊记挂，不被强加别人的意志，想做什么就做什么，我的地盘我做主，真是"俯仰终宇宙，不乐复何如？"。

孤独是孤独者的通行证。宁远在《远远的村庄》中说："孤独是非常有必要的，一个人在孤独时间所做的事，决定了这个人和其他人根本的不同。"正是孤独，让我们区别于他人。炫耀交友多，喜欢呼朋引伴，整天沸反盈天的人，恰恰说明他的心灵是孤独的，所以，他必须以外在的喧闹去填充心灵的空虚、平衡生命。这样的人往往缺乏独立之精神和思想之自由，只好选择热闹或喧嚣来填补生命。真正有所成就的人，多是用"不合群"的时间去塑造自我的，多是在孤独中建构自我的。所以我喜欢叔本华的话，要么孤独，要么庸俗。梭罗也喜欢独处，表达过类似的观点，认为没有比孤独更好的伴侣。

孤独是人反思或内在整合的契机。周国平说，人之需要独处，是为了进行内在整合。独处是人与自我对话、与思想容与、与精神交流的绝佳境遇。会否独处关系到一个人能否真正形成一个相对自足的内心世界。在孤独中，你可以在神游的境界中畅想，你可以在自足的世界里玄思，没有人能阻断你这种"神游万古、荡思八荒"的思维飞翔、思接千载、心游万仞的想象张扬。正是在这种独处的思维中，人将认知前见、经验整合到对当下事物的理解中，形成不同的视域融合和精神建构，丰实自己的内在灵魂。

孤独是人保有本我之根、之本。在这个世界上，一些人赢在了不像别人，一些人输在了不像自己。输赢两面的根本都取决于是否保有自己。不像自己、失去真我、随俗从众的人，或踣武他人，或拾人牙慧，或仰人鼻息，淹没自己，没有赢的资本和理由啊，不输才怪。而赢的人靠的是在孤独中修炼成了强大内功、本真的自我，真实而自信，智慧且从容，当然能赢。例如，当你在生活中练就了一种以阅读寄托自己心神的方式，你就不会害怕寂寞和孤独。相反，你会珍惜和享受这种孤独，在孤独中濡染书香，提升灵魂。

所以，人不要害怕孤独。君不见，太阳是唯一的，月亮是唯一的，而星星却无数，但太阳和月亮并不害怕孤独。人应该拥抱孤独，享受孤独。陶渊明很享受，"结庐在人境，而无车马喧""采菊东篱下，悠然见南山"的田园孤独。王维身居辋川"深林人不知，明月来相照""出入唯山鸟，幽深无世人"也是一派幽独的环境。他们在享受独处的孤独时成就了一流的山水诗作。如果混迹官场、穷于应酬、俯仰由人，哪里还有这种乐趣、心态和成就。孤独是成全我们的生命资源，是对人的历练而通往优秀的逻辑之径。一个优秀的灵魂，即使孤独也并不害怕、担心，因为他们懂得真正的平静和修行，哪怕不避开车马喧嚣，也可在心中修篱种菊，追求生命的孤独静好。他们知道，人只有在这样的境界中，才能蓄势累能，玉成自我，拾级而上，活出精彩。

说涵养

涵养是一个复合词，涵，是内涵；养，是修养。涵养是指一个人的知识、品质、道德、气质以及对生命、对生活的感悟等，是一个人经过锻炼和培养达到的内化水平。它是一种发之于内而显之于外的修养，是生命的充盈而洋溢于外的一种精神的显发。涵养是花儿散发的幽香，是冬阳辐射的暖意，是流泉弹拨的清韵，是生命透出的底蕴。人的内在涵养，彰显人的高贵气质，举止从容适度，风采优雅宜人。所以，有涵养的人常常是令人敬重和景仰的。这一价值标高，使涵养成为人所追求的生命的境界。虽然现实中并非所有人都能如愿以偿，但这一目标诉求却令人心向往之。因为它所代表的真的是一种高端、大气、上档次的境界，是生命的精彩建构。

涵养不是与生俱来的东西，它是后天修炼和养成的。在这个意义上，涵养也可以解释为内涵与教养，它与教育是密不可分的，是教育的结果和产物。家庭教育、学校教育、社会环境的形塑，这些客观外在的作用不可或缺。但主观内在的个人改造与自我修炼的顺应与配合更显重要。毕竟，外因是要通过内因起作用的。如果主观上没有接纳教育、优化自我的意愿，油盐不进，优化涵养的意愿就会落空。何况，涵养的优化不是一朝一夕的事，它是一个终身修为的过程，必须靠自己源源不断地给心灵输入正能量，给生命提供内在的精神营养。没有内在的自觉是难以维系和实现的。

涵养重在向内的养成涵纳，这是最为根本的生成之道，好比一个人，你得肚里"有货"，胸中"有才"，心中"有料"。换言之，你得有真才实学、真知灼见，才是一个有涵养的人。至于涵养的外在表现，那是水到渠成、无复多虑的事，好比宝剑的寒锋耀目，梅花的馨香沁脾，松柏的岁寒见性，都是自然而然的事。优化生命内涵的获致路径不外有三：一是读书致知，二是品德修为，三是人性历练。

读书致知，使人具有知识涵养。书籍是由文字组合的思想"魔方"。读书不仅可以使你知识充盈、书香浸润，更重要的还在于接受思想的陶冶和洗礼，使你的思想不断叠加和进补人类思想的精华，变得丰富充实，内涵深厚，"腹有诗书气自华"。程乃珊曾说，阅读会令男人和女人更为优雅，更添人格魅力和风度。修养风度绝对不是天生的，而是后天修养而成的。修养风度的营养，很大部分就是来自阅读。虽说岁月无情，然而阅读有情。它能赐予我们风度、气质、魅力，使我们从容优雅、静美高贵。这就是读书致知所体现的优化人的生命涵养的效果。相反，如果你不读书，内心空虚、苍白，头脑简单、寒碜，哪里会有什么涵养。能免于粗俗、鄙陋就不错了。

品德修为，使人具有品格涵养。如果说知识涵养是人进阶提升的必备阶梯，品德修为则是做人更为根本的底线。就是说，你可以没有高学历，可以出身"草根"，但不能没有德行，没有人品。事实上我们许多底层的社会群体，他们虽然谈不上知书达礼，但绝对通情达理、善解人意、向善笃实，是值得我们信任和尊敬的。但品格涵养的养成不能仅停留在这种自发的低层次上，还需要我们自觉地修为修行，康德说过，德行就是力量。品德修为，可以使你修身致远，以德润身能成就你人格魅力。诸葛亮的《诫子篇》早就劝诫世人："夫君子之行，静以修身，俭以养德。非淡泊无以明志，非宁静无以致远。"诸葛亮是要告诫后人："非学无以广才，非志无以成学，淫慢则不能励精，险躁则不能治性。"这些都是品德修为应奉为座右铭的话。品德修为还应该学学自然物象的品性，如水为上善是我师，竹解心虚为吾友。蜡梅，"宁可抱香枝上老，不随黄叶舞秋风"。菊花，"荷尽已无擎雨盖，菊残犹有傲霜枝"。竹子，"未曾出土先有节，纵使凌云也虚心"。如果我们能从师法自然启迪中，汲取滋养，砥砺品行，优化自身的品格涵养，那真是善莫大焉！

人性历练，使人具有人性涵养。人性涵养内涵很多，悲悯情怀、宽容气度、向善本心、乐观心态等都是高贵的人性的体现。

人生之初，其实没有太大的差别，犹如一块璞玉。经过生命历程的雕琢，有的成了顽石，斑驳不堪，没有了丝毫"玉"的感觉。还有的人，明了自身既有玉质，也有杂质，便精心琢磨，时时刻刻，坚持不辍。于是杂质越来越少，玉的质感越来越强，一个人的价值就出来了，这就是人性历练的过程。古人云："天命之谓性，率性之谓道，修道之谓教。"人性的修炼，就是对人性中负面状态的管控，比如禅修里面讲的贪婪、私欲、嗔恚、痴愚等，它是生命向着应然境界的出发，是人生向着本真状态的回归，是心灵向着人性光芒的迈进，它是人的涵养修炼的高端境界，是生命的大智慧的体现。

说气质

　　气质是专属于人的一个概念。对人的气质研究古已有之。古希腊的希波克拉底根据人的血液、黏液、黄胆汁、黑胆汁四种体液，将人的气质划分为多血质（活泼型）、黏液质（安静型）、胆汁质（兴奋型）、抑郁质（抑制型）四种类型。巴甫洛夫将人的高级神经活动类型分为活泼的、安静的、不可抑制的、弱的四种典型类型，与希波克拉底体液气质划分类型异曲同工。这些都是基于人的生理特征的气质研究。

　　但我们需要从社会学视角审视气质。气质是人表现出来的生命气象和质性。按孟子的说法，气质是蕴含于身的浩然之气，它是人的个性心理特征的表现，是人的行为外铄留给人的观感和印象。现实中，气质是人人都想追求的一种高雅的存在，但真正有气质的人不可多得，而没有气质的人则如过江之鲫。气质是人最高的一种品牌符号、精神标签。气质的可贵和重要有三点理由。第一，它是知识内化带来的一种气象。气质是融入生命的一种东西，它与单纯的读书多、知识多还不一样，如果你的学习所得没有向内心转化、融入生命，那是不能转化为气质的。这样的人充其量也只能是知识储量较多的"硬盘"或两脚书橱。第二，它是修为养成形塑的一种表征。修为是指一个人的修养、素质、道德、造诣等，属于个人的软实力。气质就是人的这一系列软实力形塑而表现出来的东西。它像温阳一样，并不炫目，带给人的却是温暖舒悦；它像清风一样，并不狂烈，带给人的却是沁入肌肤的爽适惬意。第三，它是能力与智慧的涉身造就的一种从容。这种从容来自"会当击水三千里，自信人生二百年"的底气，来自"你若盛开，蝴蝶自来"的自信，它是一种人生的高端境界。

高贵优雅从容的气质从何而来，它的生成路径是什么？

一、气质是读书而来的知性韵味。张载说，为学大益，在自求改变气质。女作家苏苓认为，知性，是一种气质，它比理性多一柔情味，比感性多几分自控。女人的气质叫知性。康德说：知性是介于感性和理性之间的认知能力。这种知性化的气质源自读书。书读多了，那些优美的诗句、深刻的人生哲理和接人待物的修养，慢慢沉淀到骨子里，气质容颜慢慢改变，人生格局不断提升。只有将读书作为一种生活习惯，天长日久，读过的那些书一定会沉淀到脸上，融入气质里，使你成为知性优雅的人。从而生成苏轼所言的"腹有诗书气自华"的那种韵味，或"若有诗书藏于心，岁月从不败美人"的那种知性的、优雅的美。反之，人若不读书而混世，就可能散发出粗鄙气、乖戾气、村俗气，远离气质而走向平庸，甚至遭人唾弃的人生。

二、气质是修行而成的儒雅风范。人活着就是一场修行，所以古人特别强调修为、修行，如孟子的"穷则独善其身"，"吾善养吾浩然之气"。林则徐的"有容乃大，无欲则刚"。杨绛说，一个人经过不同程度的锻炼，就获得不同程度的修养、不同程度的效益。其中儒雅风范的生成就是这种修为或修行带给人的最大的价值和外溢效应。又好比水的就下慈上，"利万物而不争"，修行又是一个学习水的品格而臻善的过程。即完善自己，宽容别人。完善自己增加幸福，宽容别人淡化痛苦。人若能修行历练到这样的程度，必然给人"春风大雅能容物，秋水文章不染尘"的超卓感、境界感，给人以谦谦君子、温润如玉，温文尔雅、气质高贵的平易感、亲和感。这样的风范是令人羡慕景仰、追崇效学的。

三、气质是能力积淀的自信从容。唯自信，方从容。自信与从容是气质的另一重要表现。人的自信从容的气质源自人的能力和智慧。因为他们心中有谱，手中有料，脑中有术，能够从容应对各种问题、情况，甚至复杂困局，所以你很难看到他们焦虑急躁、发火暴怒，因为他们深知自己"曾经沧海"的历练获得的能力和智慧足以应对和驾驭眼前的一切，所以总是表现得沉稳大气、从容淡定。杨绛就是这种从容优雅的精神贵族。1994年，钱锺书重病住院，不久她的女儿钱瑗也重病住院，两人不住一个医院，而且相距很远，都是她一个人来回奔波，悉心照料。后来女儿和丈夫相继离世，杨绛没有被击倒，92岁高龄还写下了《我们仁》。其内在的强大、担当，令人肃然起敬。气质的养成应当从能力和智慧的修炼积淀入手，这样无论面对何种难解棘手的问题，都能应付裕如，取之左右而逢其源，举重若轻而解其难。

说格局

　　格局是指人的品格、人格、格调表现出来的精神气貌和内在布局。格局就是一个人的眼光、胸襟、胆识、气度等心理要素的内在集成。我们认为，格局是基于对事物认知程度表现出的眼界、视野和实践修炼养成的胸襟、气度、智慧的总和。

　　格局的重要在于，格局限制和决定着人成功的程度。有一句话叫"没有比锅更大的饼"。"锅"就是格局，它限制和决定着饼的大小。人要想摊出生命更大的饼，就必须放大自己"锅"的格局。格局比努力、能力等成功的要素更重要。诚然努力、能力可以助益人成功，但如果没有或缺乏格局，就只能小成，而且很容易因小成而志得意满、沾沾自喜、自我膨胀，从而放弃努力而形成发展定格，很难有大出息和大作为。格局还是人的学识、见识、胆识的叠加融合的产物。学识是一个人的知识量的表征，学历往往成为它的标签和标识。见识是一个人的知识铺垫、学养积累和实践历练而养成的见解、见地和智慧。胆识是一个人的胆略、气魄、勇气。"三识"合一的人，有学识铺垫、见识创新、胆识开路，必然成就一个人的格局和成功。

人如何放大自己的生命能量，撑起自己人生的大格局呢？

大格局的人，是有大志向的人。《尚书·周书》有云"功崇惟志，业广惟勤"，揭示了成功与志向直接的内在联系。大格局的人亦然。心有多大，格局就有多大；格局有多大，舞台就有多大。宋代思想家张载认为："心大则万物皆通，心小则万物皆病。"杨绛先生也说过，走好选择的路，别选择好走的路，你才能拥有真正的自己。"别选好走的路"，盖因这样的路往往都是低价值、无法彰显生命大格局的路。清学者金缨编著的《格言联璧》有云："志之所趋，无远勿届，穷山距海不能限也。"意谓大志向"无远勿届"，是没有边界的，即便"穷山距海"这样的难事，也难以限制他的成功。所以，有大格局的人，当立大志向，才能引领自己在人生的大舞台，成就大事业。

大格局的人，是有大视野的人。格局的基础是对事物认知的程度，认知深刻、高端，看到或达到别人看不到深度或难以企及的高度，你的格局就大；好比登山，能够获得一种高远的视界，一览众山小；观海，能获得一种邈远的境界，视野无极限。所以有格局的人，都是基于认知的程度而具有大视野的人。雄鹰和井蛙眼界不同，格局自然就不一样。大视野的人，不会如"井蛙"被眼前所禁锢、所局囿，而是如雄鹰视野辽远开阔。唯其如此，才能高屋建瓴、"视通万里"，看得远；才能澄明万物、"思接千载"，想得深。这样的人就是有大视野，并能成就大格局的人。

大格局的人，是有大境界的人。他们懂得知天命而尽人事的道理。懂得人的成功不是偶然性的堆积，而是由自为性决定着的必然性演变的逻辑结果。因而面对任何问题都会全力以赴、全心以赴，然后又能顺其自然地接受自己努力的结果，无论是成功还是失败。这就是格局。识事而又坦然面对、旷达担当，得意淡然，失意泰然，不以物喜，不以己悲，而以努力跋涉和攀缘的结果为欣慰、为始终。这就是大格局人的一种境界，超越的境界，旷达的境界。

大格局的人，是有大追求的人。格局宽广的人，会将目光投向远方，而不苟且于眼前。他们会有一种使命感的召唤，不懈追求，走向人生的高点。正所谓"海到尽头天作岸，山登绝顶我为峰"。他们有一种自觉，不待鞭策而自奋其力。稻盛和夫曾把人分为自燃性的人、可燃性的人、不燃性的人。"燃性"是指人对事物的热情和主动性。自燃性的人是指最先感悟并对事物采取行动，将活力和能量分给周围的人。可燃性的人是指受到自燃性人的影响而活跃起来、参与到事物中来的人。不燃性的人是指没有热情和意愿，不为周围氛围影响而所动的人。自燃性的人就是这种有大格局、大追求的人。他们是一群认定目标就咬住不放，不受干扰，矢志不渝，一意孤行，保持自己追求的最高方向和最佳状态的人。

大格局的人，是战胜自我的人。战胜自我是指厘得清是非，分得清主次，辨得明好坏，懂得规避拖累人的小人和拉低人格局事情的一种保持距离的理性和自觉。一是不要和小人纠缠。小人是小肚鸡肠、心胸狭窄、耍奸使坏，总想以拖垮别人为乐的人。他们没有原则底线，因为嫉妒或不喜欢一个人，就会极尽所能地去诽谤污蔑他人，制造困扰和烦忧。和这样的人纠缠无疑是一件愚蠢的事。你很难战胜小人，他们可以不择手段、无所不用其极。你是君子，无法像他们那样卑鄙下作，拉低自己的格局。跟这样的人较真，降低自己为人的层级，会使自己格局越来越小，甚至人格坍塌，而又陷入无尽的烦恼之中，真的不值。二是不要与琐事俗务纠缠。据说，开小卖部的人最后容易变得很小气，即便他们在开店之前是大方的人。这就是职业造就的格局狭小。更不必说那些鸡毛蒜皮、婆婆妈妈、琐事俗务深陷其中的人。其所作所为完全背离人的格局修炼，是对人的格局最大的伤害与折损。唐代刘禹锡《陋室铭》里面写自己在陋室中交往的人是"谈笑有鸿儒，往来无白丁"，都是些高雅名士、贤达文人，有助于自己格局提升的人。

说 知 道

　　知道，是一个使用非常广泛的高频词。知道，拆开来"知"是知晓、了解、领略，"道"是道理、方法、道义等，在老子那里，道是最高的哲学规范，是事物的根本规律、天地法则。合成起来，知道就是对于事实或道理有所认识、明白或懂得。

　　现实中，如果一个人知道明理、通达事理，那是一种难得的素养和品格，会受到别人的尊重与好评。它与身份地位无关。因而每一位社会公民都应该要求自己做这样的人，则整个民族的公民素养、文明境界、社会和谐程度就会得到极大的保证和提升。这是知道的现实意义和价值所在。

　　明乎此，我们还需要进一步了解、比较、甄选关于知道或不知道的四种组合，即知道不知道，不知道知道，不知道不知道，知道知道。这四种组合表征着人的不同存在状态或品格，是不得不察的。

　　知道不知道。知道不知道，是人的一种觉识和明智。它是一个对自我的认知态度问题。知道并承认自己不知道，是一种坦诚和真纯。不护短、不掩饰、不强不知以为知，是做人的底线和起码要求，它关乎人的真诚品质，也砥砺人知不知而谋知，这是正确的选择。知道不知道看似简单，但承认不知道却是需要勇气的。因为很多人觉得承认不知道，是很没面子，甚至出乖露丑的事，所以明知不知道，却要装作知道，冒充知道，不敢、不愿、不能正视不知道，这是逸出了正道而误入了旁门的行径。正确的做法在2000多年前，孔子就告诫过我们："知之为知之，不知为不知，是知也。"意为：知道就是知道，不知道就是不知道，这才是真正的智者啊。最后一个"知"解释成智。知道不知道，并承认不知道，是一个关乎做人和进步的大问题。

不知道知道。这是一个自我认知遮蔽的问题。在这个世界上，最难的认知问题，恐怕就是对自我的认知。这种认知通常具有非自明性。比如人的潜质、潜能、潜力问题。因为它是潜在的，人们没有意识到或没有实践证明的机会，所以通常是遮蔽的。如有的人，可能非常富有写作天赋，或起码具有一定的写作才能，但因没有写作实践激活，他并不知道自己的这一特长。这就是不知道知道。所以古人才告诫我们："人贵有自知之明。"这个自知之明，既包括自知自己的短处，也包括自知自己的长处。老子也说过，自知者明，自胜者强。破解不知道知道的关键在于实践，所谓"实践出真知"，"出水才看两腿泥"是也。实践才是检验知道与否的试金石。

不知道不知道。不知道不知道，是一种放大自我或缺乏自知之明的人。他们自以为是，以为自己无所不能，什么都知道。其实这充其量就是一种浅薄的知，对他们而言，无知的心理面积远远超出他们所能知晓的那点可怜的知识。而他们不过是"井蛙窥天"，自以为天尽收眼底，"河伯观海"，自以为秋水暴涨、汪洋恣肆，没有比它更大的水。最后只能见笑于大方之家。这就是浅薄无知。问题在于，这种不知道不知道者总是自作聪明、自以为是，又不思进取，不去改变自己的不知道，因而只能定格浅薄，拥抱平庸，这种人终究会被自己的无知打脸，为自己的狂妄自是交上学费，并在无知的陷阱里不断沉沦，万劫不复。

知道知道。知道自己知道是自明而自信的人。他们因"知道"而认知自明、思想自明，因自明而对所做之事胸中有数、胸有成竹，充满自信。知道自己知道的人是高人一筹的人。他们知识丰富、视野开阔、学识渊博、高屋建瓴，站得比你高，看得比你远，想得比你深，说得比你准，做得比你好。这样的人就是我们通常所说的专家、学者。知道自己知道的人是谦逊低调的人。好比饱满的稻穗总是低着头。他们虽然学识、见解、格局、水平高于常人，但却懂得自己仍然有"不知道"，因而谦逊低调、好学上进，始终行走在谋道追梦的路上。

总之，这四种人，第一种是清醒而诚信的人，第二种是遮蔽而非自明的人，第三种是自是而颟顸的人，第四种是自明而自信的人。对此我们应该有所规避和甄选，让自己做一个活得明白的社会人，知晓道理的清醒人，参透自我的理性人，追求知道的出色人。

说后悔

　　"人非圣贤，孰能无过"。有过，就有后悔。人类总是试图潇洒地揖别后悔，而后悔却总像黏牙的"牛皮糖"一样扯不断，化不开，黏黏糊糊地缠着你。不是吗？追怀往事，总有许多遗憾；着眼现实，总有一些不满；设计未来，总感心余力绌。人生时刻在演绎着后悔。后悔是生命不可或缺的组成部分，是人生的"绝对值"。人类永远无法与之"绝缘"。

　　但聪明的人能从后悔中吸取教训，愚蠢的人则不断地重复着后悔。

　　后悔是一种不可替代的主体行为，后悔的主角总是自我。缺乏恒心和毅力，放弃对理想的执着追求；贪图一时安逸，放松对自己的严格要求；沉迷"潇洒"的生活方式，放纵对自己言行的检束，都会招致错误的报复，后悔的滋生。怨谁？怪谁？一次次的后悔，都是由我们自导自演的人生悲苦剧。

　　后悔是对错误的精神反思和心灵悔悟，是痛苦的认知过程。

它是对自酿苦酒的无奈品咽，是一朵生命的"苦菜花"。

后悔在时间上具有滞后性，在发生上具有潜伏性，在发展上具有渐变性。就是说，今天的行为迷误，不一定马上招致后悔的结局。古人云："少壮不努力，老大徒伤悲。"从"少壮"到"老大"，有一个时间跨度和演变过程。所以，当你开始被后悔的绳圈套住时，并不能马上意识到，你依然我行我素，在后悔的道路上越走越远。直到有一天，后悔的绳圈勒紧你的咽喉，让你缺氧窒息，使你碰壁失败，你才懂得这个"无形杀手"的厉害。后悔的报复不在眼前，而在将来，它总是后发制人。当你意识到时，早已晚了。它是一桩赔不起的买卖，生意赔了，还能再赚；后悔临头，就追悔莫及。

少不更事的学生，任你耳提面命，始终对学习厌弃如故，轻薄有加，优哉游哉，虚度时日。有道是：成人不自在，自在不成人。他们总有一天要为自己的无知混学付出代价。后悔正像一位很有耐心的猎人，在时间的丛林中等待着把他们捕获。

今日的轻薄怠慢，势必酿成来日的痛苦悔恨。所以，治疗后悔，最好的办法就是把握现在，从现在做起，切不可推诿时日，蹉跎万事。否则，"当你为失去太阳而痛不欲生时，你还将错过群星"。

说感悟

感悟，字面直解即感知而领悟。"感"是感觉、感知和体验，"悟"现代汉语词典解释为：了解、领会、觉醒之意。"悟"是"心"中见"吾"。吾是心的主体，心是吾的根本。悟是心灵的自我感悟。王蒙认为，悟性指的是一种学习、理解、明白的能力。感与悟的关系一方面，"感"是悟的对象和前提。感存在"感什么"和"怎么感"的问题。感的对象是广泛的，自然、社会、人的思维领域等一切事物或现象都可以成为人接触和感知的对象。感的方式是人通过眼、耳、鼻、舌、身的视、听、嗅、味、触"五觉"去感触、感知。它是悟的对象化基础和逻辑前提。另一方面，"悟"是感的目的和过程。感是为着悟的感，感只有通过悟才能达成理解、深化乃至创新，它是感的目的和皈依。

感悟是一个过程，它是一个结构化的系统。包括"感物—感思—感悟"三个环节。感物重在刺激触发，感思意在思考内化，感悟旨在迁移创新。感物是触发，是起始环节，即必须有所感的对象、依托，有引发的触媒、中介，它可以是实体实物，也可以是只有人能够领悟的第二信号系统的语言符码。感物是建构的基础，感思是感悟的中间环节。它是通过对所感之物的思考，寻求其与自身先在的经验或建构论所说的既有的图式的沟通契合，并将新的理解纳入自身经验结构，达成视域融合。使其成为自己思想或精神的一部分。没有感思，新输入的东西就无处安顿和栖息，不能向着内心转化，只会成为格格不入无法同化的东西。感悟是创新建构的终端环节，它是在感思理解的基础上，进一步联想、迁移、生发，从而萌发和悟及的新的思想或创意。可以说它是建构论所追求的学习的最高知识境界和思维成果。

感悟是应物斯感的触发。感悟是由外向内、先感后悟的生成过程。刘勰说，人禀七情，应物斯感，感物吟志，莫非自然。感物就是外感与内悟相互作用并交融的过程，是思维的理解、领会、感思的"神与物游"的过程，是生命的外在状态向心灵内部展开的演讲过程。这里"应物"是先导性的、基础性的，悟则是在充分感知的基础上经过思考加工而实现的质变和飞跃。"感使悟成为有源之水、有本之木；悟使感得以进展、深化、升华。"郭思乐教授认为，感悟是主体对外部知识、信息的深层次的内化。不通过感悟，外界的东西对主体来说，始终是没有意义的；而逐步深入的感悟，则可以使被感悟物——一本书、一篇文章、一个观点、一个事物消化成为主体的思想、精神的一部分。

感悟是深入思考的回馈。从发生学的角度看，感悟是就某一问题持续关注思考而产生的感知和领悟。它是由深入思考触发的一种心理现象。深入思考在空间上表现为广延性，其思维的触角"精骛八极、心游万仞"，无处不在，无所不有，一切思维的资源和领域都成为其思考的对象。在时间上表现为持续性。持续性是指思维在时间上的延续与恒久。能够触发感悟的思考必须具有锲而不舍的长性和咬劲，即兴应答的浅思不行，点到为止的短思也不行。它必须是围绕一个问题持续深入地思考，并达及一定的"火候"和程度，才能触发感悟。好比水加热为气、降温成冰，必须达到量变到质变的关节点，才会触发感悟机制，诞生创新成果。恰如管子所言：思之，思之，鬼神通之。谓日思夜想、豁然开悟。清陆世仪《思辨录》亦云："悟处皆出于思，不思无由得悟；思处皆缘于学，不学则无可思。学者，所以求悟也；悟者，思而得通也。"这些论述正是深入思考触发感悟的写照。

感悟是创新生成的前奏。感悟是一种因外物或情境触发而产生的思维觉醒，是一种用自己独特的心灵触摸到明妙思想的神思顿悟。感悟是思想的耀亮、创意的来袭，是阅读思考或工作行事过程中馈赠给我们的思想智慧和创造基因。它是创新生成的前奏，是最有价值的思想资源和创新财富。一个感悟来了，尽管弥足珍贵，但它只是创新的前兆或意念，能否实现创新，还依赖于感悟主体的捕捉把握、开发转化。因为感悟只是灵思，灵光乍现，神奇所至。好比缥缈不实的浮云，能否下雨、能否将创新的前奏演化成成功的交响、创新的活剧，还得看后续务实的创新条件的创设、创新手段的跟进、创新酝酿的成效。

感悟是创新的实现要领。感悟的价值在于它是指向创新的，但由感悟到创新看似很近，其实又很远。要使感悟之云下成创新之雨，首先要善于识别、敏于捕捉。感悟是一种流动的意识、思想，它可能不召自来，但又转瞬即逝。如同一种很容易挥发的气体，或者说是流星一闪、昙花一现的东西，所以面对感悟我们首先要善于识别、敏于捕捉，好好地把握它、珍视它，才能转化为创新成果。设若我们麻木不仁、反应滞后，就会与其失之交臂。其次要深于思考。感悟生成时，就是一个创意点，一种意念萌发，虽然新奇独到，但却如星星之火，可能湮灭，也可能燎原。要想让感悟燃成创新的炬火，必须深于思考，进行思维深耕，使意念转化成概念乃至思想，使创意转换成设计乃至产品，创新才能实现。如果仅豁开一层地皮的浅思，创新的种子无法获得深厚土壤和地力的滋养，是长不成创新的果实的。正所谓"多想出智慧，深思能创新"。最后要能于实践。庄子说："道，行之而成。"西汉扬雄曾把学习分为四个层次："学行之，上也；言之，次也；教人，又其次也；咸无焉，为众人。"学而能行之所以为最高层次，在于知行合一、学以致用。而唯有"致用"，"身上行得出"，才能产出学习或认知的结果，乃至创新的成果。所以王蒙说："创造就必须依靠书本的同时离开书本、突破书本，到实践里面去另辟蹊径。"只有达到知与行的完美结合、能于实践，才能大大提高感悟向着创新转化的概率，达到学思践悟创的结构化创新。

说听话教育

听话是大人教育孩子最常用的一个高频词。这个词里的"话"，狭义的理解是指具体的言语说辞，广义的则可以泛化为凝结在话语中的人生经验、生活智慧、规矩礼仪等。从小到大，我们都是在所谓"听话"的谆谆告诫中长大。在家要听父母的话，上学要听教师的话，到单位要听领导的话……听话成了我们萦绕耳边、挥之不去的、金科玉律般的格言。而且这样的教育已融入我们的文化血脉，成为一种集体无意识。

听话教育的危害值得人们警惕！

听话教育是去思维化、去个性化的。听话教育无论是听父母、教师、领导或谁谁的话，都是别人的话，唯独没有倾听自己内心的声音、自己的思想主见和创意。因为听话教育本质上是去思维化和去个性化的。它要求听话者必须对说者的话予以遵从。亦即孔子说的"无违"（《论语·为政》），或如俗语所言"不听老人言，吃亏在眼前"。这些话都是束缚人的思维、打压个性伸张的精神桎梏，会造成人的思维委顿，甚至"无思"。还不仅此，别人的话、老人的言，未必都是正确的，若盲目信从，还可能会被误导。中国的孩子计算能力在世界名列前茅，然而在想象力和创造力领域，中国小孩的竞争力大大减弱。这可能与听话教育不无干系。因为听话教育，某种程度上是说话者对听话者思维的剥夺，要求听话者遵从说话者的意志，照其意图行事。

听话教育会使人失去独立人格和批判精神。听话的观念反复灌输、不断强化，一旦植入孩子的心底，奉若圭臬，就会造成自己的头脑成为别人的"跑马场"，就会以别人的思想为界限、为藩篱，而无法超越。另外，别人的话，听长了，听久了，听惯了，就会迷失自我，就会盲目顺从，造成主体性消泯。在这个世界上，一些人赢在了不像别人，一些人输在了不像自己。输赢的关键都在是否保有自己。而听话教育培养出的人，只会听话顺从，没有自由之意志、独立之人格、批判之精神。他们的意志是别人的，他们的人格是依附的，他们的思维是趋同的，哪里有多少赢的机会和可能？再从批判思维看，一味顺从听话，没有自己独立的思想、属己的见解、智慧的创意，只能蹈武他人，被别人牵着鼻子走，哪里还会有批判思维和批判精神。这样的人活不出自己，他们活着，就是别人操弄的工具、提线的木偶、精神的傀儡。这是很可悲的。

听话教育是对教育的扭曲和反动。教育的目标或本质是唤醒人、成全人、发展人、解放人，把人从蒙昧、束缚和被动状态解放出来，成为一个有知识、有思想、有个性、能主宰自己的大写的人，一个能见微知著、触类旁通、自觉自悟，在成长中收获自尊、自信，建构独立人格的人。而听话教育则反其道而行之，用"听"来要求人，用"话"来左右人，其结果只能与教育的目标背道而驰，渐行渐远。更为严重的是，当我们把听话作为一种价值评判标准，即普遍认为听话的孩子都是好孩子、乖孩子、懂事的孩子，而受到肯定和表扬。反之，不听话则会遭致批评、贬斥和厌恶。久之，就形成了一种教育文化和价值取向，左右着我们教育的文化走向。这是对教育的一种戕害。这样的教育误导孩子把听话作为自己的行为取向和价值准则，又是对人的精神发育、个性成长的一种戕害，甚至是对人的个性的一种扭曲。比如许多所谓"懂事""乖孩子"，学习上是主动的，但主动的背后可能是一种为着听话或"讨喜"的一种精神沦陷状态，是一种缺乏独立见解与思想的个性化迷失和主体性凋零。

反对听话教育，一定要防止走向另一个极端，即宠纵教育或溺爱教育，什么都由着孩子的性子来，以为这样就是解放孩子的天性，就能培养出孩子的个性。实际上是一种娇惯放任和管教上的无为，最终造成的是孩子的胆大妄为、行为乖戾、嚣张跋扈、教养缺失，李天一就是这样的反面典型。这样的教育其危害比听话教育有过之而无不及。所以在听话教育泛滥的今天，我们需要纠偏，需要剔除这种传统教育中的糟粕，使我们的教育走向解放人的身心，发展人的个性，激发人的创造的健康发展轨道。同时也要防范逸出正轨、剑走偏锋，误入宠纵或溺爱教育的泥潭。

心灵的抵达

心灵是一个人的内在的精神世界。
人的一生都是精神成长、心灵建构的过程。

拓展生命的宽度

哲学上讲，时间是物质运动存在的持续性过程，是与空间相互绑定的事物存在的一种形式。时间具有一维性和不可逆性。孔子觉得时间是逝水，牛顿认为时间是容器，爱因斯坦说时空一体。也有下里巴人的一些表述：时间是老鼠，你盯着它看时，它一动不动，你稍不留神，它就一溜烟没了。

世界卫生组织有这样两句口号：给生命以时间（自然生命的延长），给时间以生命（精神生命的充实）。给生命以时间、延长人的自然生命，是每个人的美好诉求和愿望。事实上很难实现。时间的一维性决定了人不能任意拉长生命的长度，医学专家认为，人的应然寿命在120～150岁之间。可是由于生活压力的透支、不良习惯的折损、心理调控的失当，又有几人能达其寿限，尽享天年。冥冥天数和自然规律决定了每一个人生命的长度，使人无法逆天抗命。即便我们注重养生，科学管理生命，延长了它的存在，也终究还是有限的。所以我们需要给时间以生命，努力拓展生命的宽度。什么是生命的宽度？笔者以为就是生命的宽广度、厚重度，就是生命的价值和质量。生命的宽度虽然也并非都能达到人们为自己所预设的、期望的程度和境界，但它基本上是掌握在自己手中的，是与人的后天努力和付出成正比的，人应当尽其所能、所为追求生命的宽度、人生的高度。因为人的精神生命与自然生命相比是无限的。如孔子活了73岁，但他的思想体系和精神成就，历经2000多年，依然闪耀在历史的星空，照耀着中华民族的文化旅程和精神长河，他的思想和精神是不朽的。

拓展生命的宽度，一要懂得珍惜生命限量的长度。长度是宽度的基础和前提。宽度是在长度的基础上创造出来的，同样的努力长度愈长，创造出来的宽度就愈宽，无长度即无宽度。仅以诗人为例，看看古今中外那些英年早逝的诗人。初唐四杰王勃26岁，"诗鬼"李贺26岁，天才诗人海子25岁，朦胧诗人顾城37岁，还有英国著名诗人雪莱30岁，拜伦36岁，等等。这些天才诗人，皆因受限于生命的长度，无法拓展生命的宽度，达及自身所能达到的更大的成就和贡献，实在令人扼腕。退一步说，那些健在的人，虽然活得时间并不短，但倘若不懂得珍惜生命限量的长度，浪费时间，挥霍生命，何来宽度可言。所以，宽度来自对有限的生命时间的珍惜和开发，来自"一寸光阴不可轻"，不虚度时光、只争朝夕的努力。

二要有所追求。有所追求是生命的最高境界。时间的超越在本质上就是超越对象的当下状态，以一种发展的眼光来对待自我，努力提升和超越自我。这就要求我们要有所追求，实现生命的宽度。宽度是长度的目标，宽度可以提高生命的质量。人的生命的宽度和质量、生命的价值不是自动生成的，而是在追求中实现的。追求要有目标。彭端淑的《为学》中讲的故事，富和尚畏惧险远，而不敢远赴南海；穷和尚凭一瓶一钵，却实现了自己的愿望。除了不唯条件外，就是因为心中有追求的大目标。追求要有毅力。毅力是人为实现目标、克服困难的一种意志品质。它是一种"心理忍耐力"，一种"咬定青山不放松"的坚持力。任何有价值的追求都不是一蹴而就的，它比拼的是"咬劲"和"长性"，唯有在崎岖的小路上不懈攀登的人，才有可能达到光辉的顶点。这个顶点就是生命宽度的实现。

三要开发你的精神生命。生命的长度不管如何延长，终归有限，但人的精神生命却是无限的。人最重要的是超越时间，开发精神生命的宽度。再从造化弄人角度看，人的物质消受福分是有限的，大自然给了一个"胃"，但它的容积是有限的，面对山珍海味胡吃海塞，胃是要出毛病的。大自然给了你一个五尺或七尺之躯，你也只能穿一套衣服，不能把绫罗绸缎全裹上。你能睡多少？六尺板床足矣。但自然造物限制人的精神发展了吗？没有啊，它是无限的和敞开的，"山高不碍白云飞，竹密不妨流水过"。这就是造物的用心。明乎此，你就应该领悟，伴书香而行，求精神成长，才是人的生命的真谛，才是人来到这个世上应当追求的终极旨趣。所以世卫组织的口号要求我们，充实自己的精神生命，给时间以生命。拓展生命的宽度，关键在于读书。朱永新教授指出，阅读不一定能延长我们生命的长度，但一定可以改变我们生命的宽度，增加我们生命的厚度。人的生命长度有基因等先天因素在起作用，而后天的阅读可以让我们的精神时间更加宽阔而充实。因为，唯有读书，才能让我们浮躁的内心归于理性和宁静，找到生命的依托；唯有读书，才能丰富人性，充实底蕴，增加情趣，体验人生，健行致远。唯有读书，才能增加生命的宽度、厚度和高度，实现人的终极超越和根本价值。

追求人生的意义

  人生的意义存在于"活着"之中，因为只有活着，才能够去寻找意义。但"活着"或"活过"并不都具有人生的意义。对于"活着"而言，恐怕只有对行将辞世的人，对活着的人羡慕的那个当儿，活着是有意义的。对于"活过"的人而言，也不是你活过了或活得长，人生就有意义。人生的意义要从"怎样活过"的过程中去寻求。目的论者特别看重事情的结果，他们往往认为活得有质量、有价值、活出了精彩程度的人生是有意义的。这当然没错。但是不是说，绝大部分没有活出这样应然结果人生的人，其人生就是没有意义的呢？

  我非常赞同这样一句话，即追求的本身就是意义所在。这一命题包含了对追求过程本身的肯定和推崇。它昭示人们，人生的意义是靠追求的过程书写的，是靠自身的努力定义的。

  我们思考或追求人生的意义有这样几个实现的逻辑路径，即改变能改变的，接受不能改变的，追求能带给自己幸福的。而此三者都寓于追求的过程之中，和本文的思想主旨是吻合一致、无出其二的。

改变能改变的。所谓"能改变"的？不是指非常容易做到的，而是指经过努力可以实现和改变的。世上许多事的改变取决于"为"和"不为"。清代彭端淑在《为学》中给我们讲了蜀之鄙贫富两和尚的故事。贫和尚凭"一瓶一钵"实现了"之南海"的愿望；而富和尚却惮于路遥事难，连尝试都不敢，只能贻笑世人。所以"为"或努力去做，即便移山填海之难，终有成功之日；"不为"或不努力去做，则反掌折枝之易，亦无收效之期。人通过自身的努力，尽其所能地改变了能改变的，实现了能实现的，这样的人生就是进取的、有意义的人生。

接受不能改变的。"不能改变"是事情的一种结果，这种结果不是在事情的开头，而是在事情的结束。如果开头就认为难，将其视为"不能改变的"而不做，那是无所作为的表现，是"富和尚笑话"的重演。"接受不能改变的"，一定是经过努力而无法达及，或目标太高难以实现。"接受不能改变的"，一是不要妄取强求。妄取强求是一种贪执不变，是一种迂拙不化。如果你的能力、禀赋等都不支持你实现这种改变，达及终极目标，或者说理想很丰满，能力很骨感，就要学会放弃。这时的放弃不是一种软弱、退缩，而是一种智慧、明达。二要调适目标。不能改变或难以达及，可能还有一种原因就是你的目标定得太高，比如教学你想成为全国名师，科研你想成为一流专家等。当事实证明经过努力还是难以实现，就要调适原有的目标，比如成为省级名师、成为知名专家等。这样客观地认知自我，降低预期，实现能改变、能实现的自己，同样可喜可贺亦可敬，而且是更有价值和意义的。

追求能带给自己幸福的。什么是能带给自己幸福的？追求了是否就能得到这一幸福？这些也都不是自明的，它也是要靠追求的结果给出答案的。但有一点是肯定的，就是倘若你不追求，幸福不会自动来敲门，你就没有资格或没有理由获得这份幸福，幸福就会成为可望而不可即的"乌托邦"。什么是能带给自己幸福的？我认为"改变能改变的"就是人生幸福的边界。当你憧憬的一种幸福非常美好，但不能实现，那又有何意义呢？反之，当你所追求的幸福虽然无法突然降临，但通过自己的追求可以一点点接近、一步步实现。尽管慢一点，但这是真实的、可及的，好比果实是慢慢成熟的，好事是多磨而成的。这个过程延长了幸福链，同时增加了幸福感，也是一种幸福到来的常态，弥足珍贵。

当下人们对幸福的追求存在一种偏差，即过于追求物质幸福，而忽略精神幸福。追求物质享受的幸福观不能说不对，但因过度追求物质而把精神幸福抛到一边，就得不偿失了。我们认为，从矫正、纠偏、平衡的目的出发，在物质满足、生活小康的前提下，人应该更加注重追求精神的幸福。它是一种比物质幸福更深刻、更精彩、更具可持续性的幸福，是更可贵、更难得、更具价值属性的幸福。它是人之为人的本质追求，是人活出质量、尊严的幸福。

　　让我们努力追求这样的幸福，赋予人生更丰富的意义！

抓住"心"的三个点

  "心",象形字。《说文》解释:心,人心也。在身之中,象形。心是人体内主管血液循环的脏器。它是从受精卵发育出来的第一个器官,是伴随着生命开始和结束整个过程的唯一器官;同时,也是引领人获得生命高度提升的本原。

  "心"作为象形字,状如莲蕊。其三个点的本义不敢妄断。但就其分布排列看,总体呈圆弧状,有向外偾张绽出之势,这就给人留下了想象、解释的空间。令人臆测和揣度心灵希望向外拓展、张扬、开放的所指意向。笔者管见,不妨将此三个点诠释为心灵(生命)的三个度:拓展度、饱满度、高远度。

高远度

心

拓展度　　　　饱满度

  左边的一个"点",我们把它界定为拓展度。拓展,既指人心的生理的生长、放大，机能的成熟、完善，也指人的见解、交际、能力、意趣、爱好、情感、胸襟、眼界等向外展现的东西的拓展和放大。它是人的心量的扩张，是心灵半径所达及的范围。一个人如果不能拓展自己生命，心胸狭隘、心灵闭锁、心量局促，真的难成气候，难有作为。

右边的一个"点"，是指心灵的饱满度或丰满度。主要指精神的内在充盈、知识的丰博、修行的圆满。它是指深入人的内心的一种内在的扩张，是更为本质和决定性的东西。它虽然是隐性的，但却是人的所有外显的东西的依据和根本，是决定人的发展标高和能走多远的必然逻辑。

最高的那个"点"，代表心灵所能达到的高度和远度，代表人的成就和建树。如马斯洛行为层系说的最高层——自我成就。这一扩张是目的层面的。它是衡量心灵拓展度、圆满度的一个价值高度。拓展度、圆满度都是支撑人达到这个点的手段。只有这个点，才是目标层面的，具有终极意义。

如何达成心灵的三个点所诉求的"三度"呢?

我们认为三个关键词很重要。即知识，努力，心态。有一个有趣的英语字母数字加合很有意思。我们把英语的26个字母，按1～26顺序编码，分别挑出几个自认为重要的词加合其权重数，最后得出几个词的百分比权重数由低到高分别是：好运（Luck）47%，爱情（Love）54%，金钱（Money）72%，知识（Knowledge）96%，努力工作（Workhard）98%，心态（Attitude）

100%。百分比相对高的三个词恰巧是可以支持我们实现心灵的"三度"。

一、知识。心脏，收缩得越有力，泵出的血流量就越多，心脏功能就越强大。为了外向拓展，生命是需要向内敛聚的，这就是知识的吸收。知识是人类总结和阐释的体系。读书无疑是吸收知识的重要途径。书是为人的生命打底子的文化铺垫，它是一种思想资源、精神资源、素养资源，能够支撑人的心灵打开、生命拓展、精神饱满，绽放生命的馨香和精彩。读书可以使我们找到精神支撑，追寻生命意义，提高自身修养，寻求灵魂慰藉，放大生命格局。读书之人，如春园之草，不见其长，日有所增；不读书之人，如磨刀之石，不见其损，却日有所亏。所以，增长知识、拓展生命，必须坚持读书学习，而且要长期坚持，久久为功。

二、努力。努力工作属于实践层面的。努力是为了外向扩张，实现自我。读书不能"但能言之，不能行之"。因为读书不是为了装点门面，附庸风雅，更不是为了武装嘴巴，卖弄炫耀。读书是为了支撑生命实现自我。任正非认为，只有奋斗，你的资本才有价值；只有拼命，你的年轻才值得炫耀。而这样的资本源自其努力工作的程度。人的天赋其实都是差不多的，后天发展的差异、心灵拓展的境界很大程度上取决于自身的付出，努力对自己潜能开发，它可以让生命走得更远。

三、心态。心态，即心理状态。它是一种心理倾向。它是处于心灵高端的东西，决定着人生的高远度。所以人们才说，心有多大，舞台就有多大。心态决定一切，心态决定命运。"海到尽头天作岸，山登绝顶我为峰。"这就是一种高远的心态，有了这种心态的人，往往能成就大事业。所以，只有先改变自己的态度，才能改变人生的高度；只有先改变自己的工作态度，才能有职业高度；只有先改变自己心灵的状态，才能有精神的高度、大成的境界。

丰富的安静

　　一次，在飞机上翻看航空公司画册，无意中看到了"丰富的安静"这个短语。它是周国平先生一篇散文的标题。我很喜欢这个偏正短语，看似对立中含蕴和谐，近乎矛盾中暗寓统一，充满辩证色彩。故也借此为题，援笔而文。

　　丰富的安静，可以是自然的一种生态环境，也可以是人的一种精神状态、一种心理表征，但我更喜欢把它解读为人生的一种生存状态和境界。它使我想起了那些丰富博学的著名学者深居书房、安静著述的情形。教师属于文化人，其文化传承、教书育人的角色定位，亦要求其具有"丰富的安静"的状态。

　　丰富的安静强调丰富之于安静的意涵和关系。丰富的所指当然是多义的，可以是物质的、外在的，也可以是精神的、内在的。我们所言丰富，主要是指后者，指教师拥有了教书育人的知识和资本，拥有了充实丰盈的内在精神世界。这种精神的丰富是一种不依附于物质生活的尊严和骄傲，是人的生命的支撑系统，是我们面向未来的心灵依据。丰富了，才能享有真正的安静。那是摆脱竞争焦虑后的气定神闲，那是教学应赋予人的从容不迫，那是学生敬佩仰慕的心理欣慰。人常说，心安理得。"理得"是丰富的一种体现，心安，才是真正的安静，而不仅仅是外在的静止。这种安静是精神的宁静、心态的平静、思想的沉静和自适的娴静。所以教师必须致力于追求知识的丰富、精神的丰富、人生的丰富。教师首先必须成为知识丰富的人。所谓"学高为师"。否则，凭什么"传道、授业、解惑"，凭什么教书育人、培养人才。其次，精神的丰富要求教师自己要静下心来读书，不断蓄能充电，才能真正成为一个教育的明白人，成为一个"明师"。而只有教师视野宽宏、精神富有、充满智慧，才能沁润学生，"默化"学生，带出大气、高格，有品位、有境界的学生。最后，人生的丰富是指教师人生的阅历体验要丰富，这样才能洞明时世、练达人情，成为学生生活的益友、心理的顾问、人生的导师。

安静的丰富。我们身处的这个世界是一个缺乏安静的世界。周国平认为，我们存在的这个世界永远不缺热闹，缺少了，也会有不甘寂寞的人把它制造出来。而安静不是制造出来的，即使制造了，也不能产生人们期许的效果。安静是"世不静人人自静"的一种把持和安顿，是一种主观自求的境界。这种境界不能带来轰动、聚焦和闹腾，在某种意义上就是寂寞的别名。但这正是安静者追求的甘于寂寞、静水深流的境界，一种"满瓶不响"、宁静致远的境界。这是因为安静者懂得：

丰富源于安静，安静是丰富的逻辑前提。宋代大儒程颐就要求书院学子要忌"躁妄"，倡"静专"。周国平说，安静是为了摆脱外界虚名浮利的诱惑。没有安静，浮躁、喧哗、骚动断然难有丰富，只能制造浅薄、简陋、寒碜，甚或低俗。试想如果你是一个沸反盈天的人，一个扎堆凑趣的人，一个贪恋酒桌、牌桌的人，绝对与丰富无缘。

　　人需要在安静中才能获得升华。看那自然界的花木，向下扎根，是为了向上开花，而且根扎得愈深，花开得愈美。"向下扎根"就是安静蓄能的过程，为的是"向上开花"的升华。古人说："宁静致远。"其所以然者何？盖因宁静是一种蓄能、一种准备、一种等待、一种趋向质变的量的渐变的过程。周国平把自己定位于"安静的位置"上，所以成就了著作等身的学术成就。

　　安静的丰富应重在追求内在的丰富。周国平先生认为，缺乏精神追求的外部活动，不管表面多么轰轰烈烈，有声有色，本质上必然是贫乏空虚的。外在的、身外的东西，如权力、金钱、美色等都是异己的，是"烟云"或"昙花"一类的东西。只有内在的、心灵的东西才是属己的，是别人拿不走、夺不去、相伴一生的东西。教师应该追求生命的内在质地，把握生命的重心，不为应酬吃喝所累、声色犬马所迷、身外之物所惑、人情世故所困，追求精神的丰富充盈、生命的久远永恒。

　　热闹是浮躁者的目的。安静是丰富者的理由。《庄子》里有一句话："水静犹明，而况精神。"就是说，水只有在安静的时候才能映照万物，何况人的精神世界也只有在宁静的时候才能反观自身。人生最大的悲哀，就是我们被急速的时代、飞快的节奏所裹挟，匆匆忙忙，来不及停顿，来不及思考。人生固然需要蓬勃进取，需要饱胀的生命力的奔突，但亦需要宁静、需要从容，需要走向精神化。让我们远离浮躁，在安静中丰富自己，在丰富中安静悠然，诗意地栖居。

抵达心灵的远方

心灵是什么？笛卡尔称其为"无形实体"；洛克的"白板说"人所共知；乔姆斯基则将其比喻为"黑箱"。可以说对心灵的探索与表征一直是人类不断追问的一个哲学话题。心灵是一个人内在的精神世界，心生于体，灵生于心，合和为一，谓之心灵。心灵是寄寓个体精神生活的内在空间，是个性化的精神领域，是一个人思想、行为、前途、命运的指挥中心，是智慧之府，精神之宅。

心灵的远方是什么？心灵的远方是人们着力追求而欲确立的一种境界，是人生的一种标高。好比登山，能够获得一种高远的视界，一览众山小；观海，能获得一种邈远的境界，视野无极限。心灵的远方所达及的境界，可以是学问的高深、知识的丰博、获得的思想的远度；可以是长期的坚守、执着的付出，而达到的人格的纯度；可以是利他惠人、道德修为，而达到的精神的高度；可以是矢志不渝、追求探索，而达到的研究的深度；

等等。

如何抵达心灵的远方？路径和方法是什么？

一、读书立言致远。高尔基说，读书是与古今中外一切伟大思想相结合的过程，也是把这些人类文明成果据为己有的过程。它是人生最美的主旨，是人类最高雅的生存方式。高万祥校长说，书籍是学校中的学校，对教师而言，读专业性经典好书，就是最重要的备课。经典是经过时间沉淀和筛选而被认同的好书。周国平说，所谓经典就是时间这位批评家向我们提供的建议。经典是影响每一个人精神成长的最有效的媒介和营养。阅读经典可以提升人的职业素养，影响人的心灵和精神世界。可以使人读书致远，占领人类的精神高地，做"精神贵族"。读书是知识内化的过程，为的是为心灵抵达远方储备精神的能量、致远的行囊。但读书不是为个人饱学炫耀或作为开价的资本，它需要外化立言，经世致用。对于教师而言，读书内化一为培养人才之需，它是"最重要的备课"，二为研究立言之用。研究是要有"根基"的，立言作文亦须有所准备，这是讲读书的功效。反过来说，教书亦需要研究立言的支撑和援手，才能行之久远。教师如果教而不研，或研而不作，势必沦为"教书匠"，所读之书也只能"胎死腹中"。这样的教师能否把书教好已成问号，更遑论致远。

二、敬业立人致远。敬业是对职业的敬畏和投入，立人是指人才培养的成功，它是需要本领和能力的。既敬业又立人的教师，是备受学生敬重的；不敬业不立人的教师，是遭学生唾弃和鄙夷的。教师是以培养人才为目的，教给学生知识、智慧、方法、技能的导师。应该以敬业立人为本，才能行之久远。教师的一生虽然是有限和短暂的，但教师的知识和生命是在立人和育才中延传与光大的。不管时光流逝多久，敬业立人的优秀教师始终会活在学生的口碑和记忆中，活在一代代、一辈辈人的心中。孔子已与我们相隔数千年，但他留给后世的知识和思想至今仍在全世界范围流传。他所树立的师表风范至今仍为后世者的楷模和表率。他是致远的极致和典范。

三、学而能思致远。孔子说："学而不思，则惘；思而不学，则殆。"与之相反，学而能思和思而能学，则可以规避"惘"和"殆"的负面结果，达到致远的境界。学思相资是学习的重要方法，亦是人进步发展之机。它们是伴生的和互动的，如车之两轮，鸟之双翼，只有协同运作、同步发力，才能远"走"高"飞"。对于教师来说，学而不思，似苛责过当，但学不深思、学不研思者却大有人在。更为严重的是，"教而不思"几乎成为部分教师的"通病"。这些教师都是课堂终结者，上完课，书本一扔，如释重负，如脱苦役。当然不会再去反思课的得失优劣和扬长避短的方略对策。而没有反思的教学实践，不仅使教师失去了"教中学""学中做"的最好契机与当口，也堵塞了他们职业成长和专业发展的"致远"之路。切记：优秀的教师都是在学而能思、教而能思的职业实践中炼成的。

四、修身立德致远。独善其身和兼济天下，是古人看中的修身立德的两种价值追求。教师亦须修身立德，方能致远。修身立德是教师的职业境界，所谓"学高为师、身正为范"的要求，所谓"人类灵魂工程师"的赞誉，所谓"学而不厌、诲人不倦"的规约，其实都是对教师修身立德的实践以及所达及境界的要求。如大爱无疆，勇救学生的张丽莉老师，以英雄之举，立起了教书育人、立德树人的精神旗帜、道德标杆，是立德致远的楷模和典范。相反，如果教师不能为人师表、敬业乐教，终究难成优秀教师。倘若教师德行窳败，人格卑劣，因"财"施教，误人子弟，就更会为人所不齿，不要说行之久远，恐怕连职业资格都要有不保之虞。

你的精神长相美吗？

人有两种长相：物理长相和精神长相。物理长相源于先天遗传，取决于父母；精神长相可以后天修行，取决于自己。

现实中追求物理长相的人众，追求精神长相的人少。人们总愿意在瘦身、减重、美白、化妆、服饰，甚至整容上用功，尽量让自己显得美好，即便是一些已经长得很漂亮的人也不例外。但对自己的精神长相，显然没有这么上心、较真。所以然者何？主要是皮相上的改变来得快、看得见，且容易实现；精神长相的变化来得慢、难察觉，且不易实现。其实，人的内在涵养和精神长相远比外在的皮相修饰或奢华的包装要重要得多，而我们却放任、忽略和漠视它，这是本末倒置的。

物理长相是一种外在显现，因其能博人眼球，获得赞美，人们对改变外在趋之若鹜、乐此不疲。诚然，爱美之心，人皆有之，本也无可厚非。但不能过甚其度，亦不可妄取强求。有些人本已长得很美，还不满足，非要打针动刀，美容整形。更有甚者想用整容对抗岁月，留住青春，太过贪婪了！这些人对自己的物理长相的"保质期"有一种不可思议的执拗、偏执。经常看到一些所谓驻颜有术的冻龄艺人那张化得或整得浮肿或僵硬的脸，我想说的是，用尽心思和手段折腾，整天伴着一张假脸活着，有意思吗？人最好还是不要做与规律抗衡、跟岁月死磕的事。人的物理长相本于自然，"清水出芙蓉，天然去雕饰"最美，而不应该耗费太多的时间和精力过于纠结毫无胜算、徒劳无益的皮相。

人应该注重自己的精神长相，学会精神化妆。精神长相是由内而外的一种改变。这种改变是本真的、持久的，岁月不能移易它的高贵和优雅，更不能褫夺它的神采与风韵。"若有诗书藏于心，岁月从不败美人"说的就是这种情形。外在的人脸再漂亮，也会长出皱纹，也会衰老；但知识和智慧不会，反而会沉淀转化为人的气质。所以特级教师张云鹰也认为，读书的女人最美，并告诫自己：40岁以前的容貌是父母给的，40岁以后要用书籍装扮自己。

人的精神长相的化妆有三个关键词：阅读、快乐和美德。

一、阅读：最美的精神化妆。作家曹文轩说过，阅读和不阅读两边是完全不一样的气象。一面是草长莺飞，繁花似锦；一面必定是一望无际的、令人窒息的荒凉和寂寥。这样的类比描述迁移到人的身上，指的就是阅读和不阅读精神化妆的不同反差和两种境界。所以董卿小时候，深谙其道的父亲就给她灌输"你长得丑"，就是希望她跳出"长得漂亮"的陷阱，心无旁骛地学习。

父亲还因之告诫她："马铃薯再打扮也是土豆，你每天花在照镜子的时间不如多读书。"读书之所以有精神化妆功效在于，知识滋养心灵，学问改变气质。读书的人也许并不漂亮俊朗，但"石韫玉而山辉，水怀珠而川媚"，充实而丰盈的书香内涵赋予人高雅的谈吐与风度、自信的品质与气韵，那种美比之外在的相貌美更令人钦敬和神往。

二、快乐：最美的心态调适。快乐是人的情感表现形式之一，是人的一种乐观的精神和心理状态。一个以快乐为主导心态的人，就会外化为乐观、积极、开朗、通达、宽容等富有正能量的精神取向，这就是心灵化妆、精神补钙。当快乐成为一个人的心灵的主基调，他的精神长相一定比那种嫉妒偏执、性情阴郁、心绪败坏的人更美、更年轻、更被人喜欢。快乐是对抗人相貌衰老的秘方。中国佛教学会会长赵朴初曾撰《宽心谣》："日出东海落西山，愁也一天，喜也一天；遇事不钻牛角尖，人也舒坦，心也舒坦；每月领取养老钱，多也喜欢，少也喜欢；少荤多素日三餐，粗也香甜，细也香甜；早晚操劳勤锻炼，忙也乐观，闲也乐观；心宽体健养天年，不是神仙，胜似神仙。"人面对现实烦恼、生活压力，应当学会像《宽心谣》所劝谕的自我调适、快乐以对，即便面对"无可奈何花落去"的悲观情景，也有"菊残犹有傲霜枝"的乐观心态，这样精神自励，乐观自强，才能活得快乐，活得美丽，活得潇洒！

三、美德：最美的精神境界。美德是人的善端。人的精神化妆的终极目的就是要养成良好的德行。美德既是精神化妆追求的目的，也是精神化妆的手段。人的容貌之美如同当令的花朵，季节性很强。过了特定的季节，就会凋零枯萎。而德行带给人的内在美、心灵美，却不因时令的改变、岁月的流逝而褪色和改变。这就是精神化妆的高贵和形上之处。人因拥有美德而可爱、而美丽，亦因惠及或成全了别人获得赞誉、肯定，感受到生命的价值和意义而快乐、而幸福。这种修为德行、善行义举就是人的精神长相的美，有了这样美的内在鼓舞和奖赏，人的外在的容颜美也会加分而更显年轻漂亮。人应当追求这种由内而外的具有永恒属性的根本美。

追求你的精神长相美吧。你的精神长相决定你的素质，影响你的家庭及周围的人，精神长相决定整个民族气质、面貌和素养，决定整个民族的全球竞争力和美誉度。让我们都来热爱读书、找快乐、求美德，将自己的精神长相装扮得更美、更靓！

提升你的生活品相

品相是一个较为抽象的词，指事物品质的样貌。可以指人的生活的品相、生命的品相或人的素质的品相。人的生命或生活的品相是由层级区隔的，木心说，人生在世，需要一点高于柴米油盐的品相。其实，生活既需要柴米油盐酱醋茶，也需要琴棋书画诗酒花。它们是兼容并存的。仅有柴米油盐酱醋茶，生活不免低俗寡淡；没有柴米油盐酱醋茶，琴棋书画诗酒花的生活也无以栖息安顿。二者之间是相互依存的辩证关系。

一、"柴米油盐"的品相。柴米油盐是人的社会存在最基础、最真实的生活品相，是最接地气的存在。它是生命的物质喂养的需要，是人活着安身立命的根基。在这个意义上，任何对这一品相的指责、批判都要有所保留，都要悠着点，以免一不小心成了"不食人间烟火"的大"神"。是的，柴米油盐是必要的。马克思也说，人首先要活着，然后才能从事上层建筑的各种活动。但仅限于柴米油盐品相，就太生活化了，太生存化了。人不仅要活

113

着，还要活出精彩。

二、"琴棋书画"的品相。琴棋书画诗酒花，是一种高阶的生活品相，是超越于柴米油盐、物质生活之上的精神生活的品相。这种超越是一种摆脱了生活所累、生计所苦的高蹈的优裕的境界，是没有柴米油盐后顾之忧、超然其上的洒脱境界。它表征着一种高雅，由形下之行、生命劳碌，而进到了形上之乐、优哉游哉之境。它是一种"梅兰竹菊养性，琴棋书画陶情"的精神情趣的涵养、完美人格的建构。海德格尔说过：人当诗意地栖居。诗意的栖居，就是琴棋书画式的栖居，就是精神的栖居，就是人由生活家园进到精神家园的跨越。人的应然的生活品相应该是由这样双元层级架构的完整的生活、健全的生活。

生活品相影响和决定着生命的质量。人应当追求高端的"琴棋书画"的生活品相，尤其是在我国已进入全面小康社会的当下，柴米油盐已然成为无复多虑问题的背景下，更应该将提升生活品相摆上议事日程。就是说，提升生活品相的外部条件已经具备或成熟。此其一。其二，从实然情况看，大众人群的生活品相还停留和锁定在柴米油盐的低端层次上，这就更加彰显了提升人的生活品相的必要性和艰巨性。

只有个人生活品相提高了，才能汇聚成波翻浪涌的长河，蔚然成壮阔美丽的草原，全社会、全民族的日子才能得到整体提升。提高人的生活品相的路径和方法，还是要从读书和心性修炼做起。我们要求孩子读书用功，不是因为要他跟别人比成绩，而是因为我们希望孩子将来会拥有选择的权利，选择有意义的工作，而不是被迫谋生。"被迫谋生"，为工作所绑架、生活所剥夺、没有"选择权"的生活不是我们想要的。那些有选择、有意义、有自由、有尊严的生活和职业，是人们向往的。人可以通过认真的求知读书，追求这样的生活。此外，我们还应选择一种修身养性娱乐或锻炼身心的方式，让自己在紧张工作或生活劳碌之余，获得一种调节和寄托的形式，使自己的生活丰富而不单调，优雅而不低俗，乐观而不压抑，充满生命的情趣和生活的意义，这才是我们想要并追求的生活品相和境界。

下篇　诗意

成长的境界

成长的境界是一个人实现自我的动态追问过程。

追逐生命的诗意

　　海德格尔曾说过，人生的本质是诗意的，人是诗意地栖息在大地上。然而，就每一个鲜活的生命个体而言，诗意往往不易捕捉，很多人也许可以"诗意地栖居"，但却很难将自己的人生同诗意联系在一起。从诗意建构的过程看，人从呱呱坠地，宣告来到这个世界，其实就开始了诗意的远征。人是追逐诗意的存在，每个人都希望自己的一生是美好的。不是所有的人都能成就生命的诗意，完成诗意的建构。诗意也不完全等同于现实的成功，有的人终其一生也没能实现自己的梦想，但追梦的过程，哪怕是留有缺憾的结局本身，也都满载了诗意。诗意有时是一种具有潜在可能性的存在，难能可贵。

　　诗意是精神的建构。生命的诗意不止于吃好、喝好、穿好、住好这些物质或人的生存层面的满足，诗意的领地更多存在于精神场域。周国平说，一个人把许多精力给了物质，就没有闲心照看自己的生命和心灵了，如果能匀一点时间给自己的头脑和灵魂就好了。诗意是属于"头脑和灵魂"的形而上的，是对"诗和远方"的追逐。它超越物质的追求、享乐的阶段，而进入彰显人本质的层次，生命只有进入这个层次，才完成了诗意的构建。比如努力修身，提升道德修养，追求一种崇高的道德境界；又如刻苦修心，追求一种超越而自由的精神境界，都是属于精神建构，都是活出生命诗意的表现。

诗意是奋斗的出彩。幸福都是奋斗出来的。幸福就是生命的诗意，而幸福源于奋斗。幸福的诗意和诗意的幸福，不是从天而降的"馅饼"，也不是唾手可得的幸运，它是努力打拼的奖赏。尼采说，如果这世界上真有奇迹，那只是努力的另一个别名。世界上没有一个人能随随便便成功。大国工匠们成功的背后是经年累月的付出与长期坚守的历练。这样他们才能在自己的职业岗位上，把平凡的事做到不平凡，把简单的事做到不简单，达到炉火纯青的诗意境界，创造出一个又一个令人惊叹的奇迹。他们的存在就是对奋斗出彩最好的诠释，就是一种人间大美的诗意。

诗意是生命的无悔。保尔·柯察金的名言曾激励了无数人：人的一生应当是这样度过的，当你回忆往事的时候，不会因虚度年华而悔恨，也不会因碌碌无为而羞愧。这样活出无悔价值的生命就是充满诗意和应当令人尊敬的。也许，你并没有大成，但你已精彩地活过，这就是不甘平庸、无怨无悔、追求奋斗的人生，这就是生命的诗意。这是最本真、最接地气、最具普适性的诗意，它没有"高大上"的光环，却有受人尊敬的理由，是人人能而为之，而又可以实现的诗意。

要输就输给追求

20世纪90年代，汪国真的诗风靡全国，他的诗集发行量很大。他的诗在当时成为一种文化现象。我的文章的题目就是取自他的诗歌《嫁给幸福》的结句："要输就输给追求，要嫁就嫁给幸福。"输是一种失败、受挫或不堪，是人们不乐见的。所以诗人将其外延限制得很小、很死，甚至已经到了唯一的程度。追求意谓追寻和探求，它是人积极进取、奋发有为的人生态度，是主观能动性的弘扬。追求，即会有两种结果，成功或失败。成功可喜，失败亦不可悲。因为你已奋斗过、努力过、证明过自己。在向峰顶攀缘的路上留下过你的足迹，或者如泰戈尔诗曰："天空没有留下鸟的翅膀，但它已飞翔过。"这就够了，何必非要在乎输赢。

输给追求不是丑事，不是憾事。而是一种博弈结局的常态呈现。有道是：人生不如意十之八九。这样大的输赢比例，你又何必在乎，非要和输较真也是在跟自己过不去。所以问题的关键不在输赢成败，而在于你追求了吗？追求了，可以无悔，可以释然。可以用"谋事在人、成事在天"为我们的输赢辩护。进一步分析，输给追求并非输得彻底精光，一无所有。那样还会有人去追求吗？胡适说："天下没有白费的努力。"抑或"当努力成为一种习惯，成功还会远吗？"所谓输给追求，可能是你所追求的终极目标或者说大的目标没有实现，但是小目标、小成功还是会因你的孜孜以求而来到你面前。在这个过程中，你也体验过成功的喜悦、获得的幸福、生命的充实，这些其实都是追求的回馈。梁启超是中国近代思想家、政治家、教育家、史学家、文学家，他有9个子女，梁思成、梁思永、梁思礼是院士，梁思忠是毕业于西点军校的军官，梁思达是经济研究学者，梁思顺是诗词研究专家，梁思庄是图书馆学家，梁思懿是社会活动家，梁思宁则是新四军早期革命者。他曾在家书中告诫子女："至于将来能否大成，大成到了什么程度，当然还是以天才为之分限。我平生最服膺曾文正两句话：'莫问收获，但问耕耘。'将来成就如何，现在想它作甚？着急它作甚？""尽自己的能力做去，做到哪里是哪里，如此则可以无入而不自得，而于社会亦总有多少贡献。我一生学问得力专在此一点，我盼望你们都能应用我这点精神。""莫问收获，但问耕耘"，这句话意在说明，我们做事、追求，不能只想着回报、酬劳，更要想着把事情做好，耕耘好自己的一份天地，自然会有好的结果。

追求究竟应该怎样做，才可以做到不以赢喜、不以输悲，而超然其上呢？

一、马上行动，把握现在。不能光想，而要去做。古人云："临渊羡鱼，不如退而结网。""坐着讲，不如起而行。"西谚也说："一个实际的行动胜过一打的纲领。"经济学里有一个沉没成本。如果你丢了一张电影票，你还会买第二张去看吗？那你就要付出双倍的钱。可能你会因赌气或觉得不划算而放弃看这场电影，而这全因第一张票的沉没成本造成。想做某事而又始终未做，这是要付出沉没成本的。拖沓、耽搁、延误、失去机遇等，这些都是沉没成本。最可悲的是，有些事你可能想了一辈子，但从来没有真正地追求过、做过，输给了空想才是最可怕的。鲁迅先生说过："我看一切理想家，不是怀念'过去'，就是希望'将来'，而对于'现在'这一题目都缴了白卷。"（《两地书》）这是切中我们要害的。希冀将来，垂涎结果，而又不愿在现实中追求付出。哪有这样白捡的便宜，空掉的馅饼。

二、重视追求的过程，而不必太过在意其结果。因为结果是过程的产儿，结果是过程水到渠成的实现，过程做好了，结果自然会到来。人的悲剧在于，还不曾开始过程，就老想着结果，结果背负着太多、太高的期望去做，不仅累坏了每一个当下，而且也击垮了自己的自信。最后只能黯然离场，甚至以失败收场。如果我们认定一个目标，不要去想太多，不要去想能否成功，既然选择了远方，就要风雨兼程，义无返顾。我相信只要扎实去做，积小成成大成，也许终有实现一天，即便没有实现，在这个过程中，你也领略了追求和奋斗的痛苦、快乐、充实。即便没有实现你的最终目标，你的人生也是可圈可点的、可赞可敬的。最关键的是可以无悔无憾的。所以我最瞧不上的，不是追求而没成功的人，而是那些终身无追求、庸碌一生，从来没有精彩地活过的人。这样的人真的是枉度平生，白来一世。

人，靠什么立身

人，靠什么立身社会和职场？是一个很重要的问题，是靠自强、自重、自立立身，还是靠依附别人，单凭"巧劲""人设"立身，答案是不言而喻的。但现实中，我们总能发现一些人，试图通过"跟人"或"借力"来"立身"。这些人喜欢把心思花在如何逢迎上级，鞍前马后，服务效忠。目的就是想博得好感和认同，以此获取提携上位、出人头地的机会。

分析起来，这些只琢磨人、不琢磨事，把心思全用在搞关系的人，一是对自己不自信。他们深知自己没有真本事、真能耐，学历、能力都落于下风，工作也一般，在与别人的竞争中难以"出彩"，只能把自己的命运交由别人掌控，寄希望于别人的赏识和重用、交上好运。二是有投机取巧之心。这些人虽然对自己的实力欠缺有一个基本判断，但却不愿选择做大、做强自己的正确路径，因为那是要花大气力和长时间努力弥补和付出的艰巨过程，而且目标能否如愿也未可知，所以他们通常会选择走捷径、少付出，而用经常能行大运的投机"媚上"之路来赌自己的命运。

人来到这个世上，究竟靠什么立身？这是人生的重大选择。选对了，终身为之追求奋斗，彰显出自己的价值存在，活得充实而有分量，无怨无悔；选错了，一生看别人的脸色，没有自己的坐标和定位，终身庸碌无为，白来一世。还不仅此，一个民族、一个国家，解决了靠什么立身的问题，每个人的能力、本领得到了提升，整个国家的实力、素养和自信就得到了增强，就能自立于世界民族之林。

正确的立身选择应当是：

一、靠事业立身。事业是人所从事的对社会发展有影响的活动。亦可以泛化为有益于社会发展的各类职业。比如教师、工人、技术工程师，等等。事业是人立身行事和价值彰显的舞台，是人的社会存在的一个最本质的空间或载体。它值得一个人终其一生为之奋斗，去实现自己的人生目标和理想。衡量和评价一个人关键在于，他对待事业的态度和在事业中贡献的程度。一个在事业中为组织或团体贡献大的人，就会成为组织所依赖和看重的人，就有了自己的立身之本，就值得人们尊敬和铭记。而如果你在事业中无所作为、一事无成，甚至还成为事业的绊脚石，就会被人不齿和无视。因而，每一个人都应该成为成就自身事业和理想的正能量，在事业中存在、发展和立身。

二、靠敬业立身。敬业就是对自己所从事的工作、职业要有

127

敬畏之心，抱持着负责任的态度，一门心思地想着要干好自己的工作，亦即孔子说的"执事敬"。敬业是人事业的根基，是成功的根本。因为敬业的人全身心地投入自己的工作，人的工作是靠业绩说话的，业绩源自敬业，而不是看你傍上什么人。人如果没有敬业的精神和态度，是绝对做不好工作的。那些不敬业而总想着和上司搞好关系的人，偏离了人"立身"的根本，注定会成为职场的失败者。即使你靠"跟人"而提职，还是会在名不副实的境遇中混事而已，成不了大事，做不出成绩，会被别人看不起，甚至鄙夷、唾弃。

三、靠自强立身。人在社会上存在，应该成为一个有自身价值的人、独立自强的人。应该像一棵独立挺拔的树，通过自身的绿叶进行光合作用，促进自己成长，而不是指望别人给自己带来阳光，获得幸运和机遇，才能成长。当然我们并不反对借助外力和资源来成就自我，但这些外力仍然要建立在自身强大的基础上，才能真正立世成功。一个真正强大的人，是不会把太多的心思花在取悦或依附别人上面的。因为他们懂得最重要的还是要靠提高自己的内功，靠自强自立。所以，人应该好好做自己，靠自己，靠做事彰显自己的真本领，以真能耐来立身处世；而不是靠迷失自我，站队跟人，活在别人的阴影里来博巧赌运。那样很可能靠山山倒，靠水水流，最终什么也没有，这是非常令人悲哀的。而有能力和本领的人，即便无意站队而站了队，甚至命运也将他们无情抛弃，但他们照样能够完成自我救赎，重新崛起，因为他们有本事和能力在，他们是靠自强立身，是把命运掌握在自己手里的人。

人任何时候都应该成为自己命运的主宰，而不应该把命运交给别人，又埋怨命运不眷顾自己。孔子早就说过："君子求诸己，小人求诸人。"又说："不患人之不己知，患其不能也。"命，是失败者的借口；运，是成功者的谦辞。人只有靠自己努力，才能改变"命"，并带来"运"。

关于人的存在解读

  人是世界上最神秘和神奇的生灵。古希腊思想家普罗泰格拉说："人是万物的尺度。"我国古代典籍《尚书》也说，"惟人万物之灵"。荀子将人与万物类比，指出："水火有气而无生，草木有生而无知，禽兽有知而无义，人有气，有生，有知，亦且有义，故最为天下贵也。"康德也认为，人是存在的目的。他说，人是"客观的目的，他的存在即是目的自身，没有什么其他只用作工具的东西可以替代它"。所以，人是世界上最高贵的、目的性的存在，是万物的尺度，其他的存在都是从属于人的。这里有必要对人的这种存在价值的属性和特点加以解读和澄明。

  一、人是一种有价值的存在。价值是一个哲学范畴。有研究者认为，价值是客体属性对主体需要的满足。也有学者认为价值是人本身和人的自我完成。人作为世界上的最高级存在，应该是一种有价值的存在。人的价值不是一种客观定性和自然赋予的，而是自我努力彰显和实现的。存在主义大师萨特有句名言：

"人实现自己有多少，他就有多少存在。"人的价值存在取决于实现自己的努力程度。人是一种自我定义的存在。这里，"自我定义"是指人价值实现的程度，追求达及的境界，都是由自己给定的，都是靠自身努力实现的。当然也不排斥外在的机遇和环境的造就。但主要的还是与人的主观努力呈正相关。人的价值存在体现为被人认可的程度。人的价值存在或存在的价值，不是自我感觉良好的一种主观体验，因为这种体验有时可能是自是的或失真的，它更多地体现为一种外在的客观评价。当你的所作所为满足了社会的需要，创造了有益于他人的财富和价值，或达到了有意义的更高境界，就会获得人们及社会的肯定。这种肯定是客观的、真实的，是对你的价值存在和体现的一种回馈和褒扬。人应该追求这样一种有价值的、正面的、积极的存在。

二、人是一种澄明的存在。澄明是人对事物认知澄澈透明、至清至察的一种境界，是去除遮蔽、理性彰显的一种把握。动物的存在或生存本身虽然是自由的，如水中游鱼、空中飞鸟、花中蜂蝶等，但却不是澄明的。世上只有人才是澄明的存在，它是人超越动物的本质所在。人不是浑浑噩噩、稀里糊涂的存在，按照荀子的说法，人是"有气，有生，有知，亦且有义"的存在，这是人作为一种澄明的存在的生理学基础。澄明的存在是一种理性的存在，理性表现为人的各种自觉意识或观念。比如，人是追求理由的动物。理由是人行动的逻辑依据，人是根据理由来行动的存在者，称之为"理由响应"。没有理由或理由不充分，都会影响人们行动的决心、意志和效率。所以，人作为一种自觉的、澄明的存在，与动物的盲目的、本能的行为不同，他总是追问行动的理由，并根据理由对行为加以取舍，试图使自己的行动尽可能地既符合规则又合乎目的。

三、人是一种智慧的存在。智慧是指"能迅速、灵活、正确地理解事物和解决问题的能力"。亚里士多德按照由低到高的顺序将智慧分为"明智""智慧""灵智"三种。明智"涉及人的事务和人能谋变的东西"，属于实践智慧；智慧"涉及超乎寻常的、难以理解的、普遍的东西"；灵智"涉及对不可进一步定义的那些最高原理的领悟"，甚至"涉及对终极原因、神灵的探索"。三种智慧，虽然层级不同，但都与人相关涉，所以，人是一种智慧的存在。德国哲学家马丁·海德格尔强调对物的"上手状态"，要在与物的相遇照面中，不沉沦于现成在手状态，而应该智慧地把握这一状态，依循此在的内在本真融契于天地万物。举个例子，庄子《养生主·庖丁解牛》，写一姓丁的厨子解牛，对牛的感知是"目无全牛"，解牛上手时是"以神遇而不以目视"，"依乎天理"，"因其固然"，顺应牛体结构的缝隙而运刀，所以他的刀，用了十九年"而若新发于硎"。这就是人"上手状态"的智慧效力。而那些砍骨头的"族庖"，一个月就要换一把刀；割肉的"良庖"，也是一年就要换一把刀。人的智慧技能、智慧存在与否，差别就是这么大。

四、人是一种创新的存在。创新是人类最高本性的弘扬，是人类进步发展的原动力。人是世界上独一无二的创新主体和创新存在。创新存在离不开思维创新。惠子与庄子讨论葫芦之用。说一个超大的葫芦，用来盛水，不够坚固；用来做瓢，无处可容，惠子认为大而无用。庄子说，何不把它系在腰上，浮游于江湖之上。我们对物品之用，常常有一种思维定式，这是思维狭隘的表现。庄子的思维成功之处，在于能够突破这种定式，突破物之用专属性的思维遮蔽，拓展到常规用途之外的领域，于是，"柳暗花明又一村"，达到了思维创新的境界。创新离不开实践。马克思说，社会生活在本质上是实践的。人的实践改变着自然，自然界才表现为人的作品和人的现实，人则在其所创造的物质世界中直观自身，直观他的人的本质。正如马克思所说："我们的生产同样是反映我们本质的镜子。""工业的历史和工业已经产生的对象性的存在，是一本打开了的关于人的本质力量的书，是感性地摆在我们面前的人的心理学。"迄今为止，人类所有的发明创造，都是实践创新的产物。离开了实践，一切都将停留在臆想观念层面，不能转化为现实的存在物，一切物质文明成果都将沦为虚幻、归于湮灭。思维创新与实践创新，如车之两轮、鸟之双翼，只有依存互补、协同运作，才能远"走"高"飞"。

打造自己，提升人脉质量

交友对人的发展与成功特别重要。一个人与什么样的人交往，往往决定他的层次和境界。曾国藩在写给弟弟的信中说过，人生之成败，皆关乎朋友之贤否，不可不慎也。因为你身边的人决定了你是谁，以及你将成为谁。由此引出交友的逻辑规则。

交友必须进行选择。选择是择优的过程，往小里说，你上街买菜、购物都要进行比较、选择，更别说是与人交往。古人说，近朱者赤，近墨者黑。"蓬生麻中，不扶自直；白沙在涅，与之俱黑。"这晓谕我们，为着自己的成长进步，我们必须选择富有"正能量"的朋友。起码和积极的人在一起，你不会消沉；和勤奋的人在一起，你不会懒惰。新东方创始人俞敏洪特别推崇和智者相交。他认为，身边有一批有思想的朋友特别重要。所以，"我一个月就会组一两次局，以吃喝玩乐为诱惑，把他们请过来，和他们边吃边聊，就能从他们身上学到东西"。

交友必须追求层次。孔子早就说过："毋友不如己者。"就是说，你要与如己（平等对话）者、超己（学有所师）者交友，而不能与不如自己的人做朋友。这就是交友的高就原则。

交友追求高层次，是人人乐而为之的事。关键在于高层次的人是否愿意与你交往，换言之，你是否具有交往的价值，是否值得交往。在这个问题上，不要去埋怨别人眼光高看不上你。换位思考，你也不愿意跟不入流、层次太低的人交往。所以应该检点自己的水平落差，档次差距，不要硬去巴高望上。要知道"物以类聚、人以群分"是生存的法则。社会分层原则总体上来说是好的，是激励人向上和进步的。

人要想提高自己的交友层级，必须提高自己的水平和档次，才有资格与你敬佩和仰慕的人对话，才能进入更高层级的交往群和人际圈。俞敏洪说自己进北大后身边都是北大同学，留在北大教书，他的朋友就逐渐变成了北大的教师。只有你自己的能力提高了，才能刷新和你交往的人，这就是交往对等原则。所以，我们必须提高自己的层次，免得我们成为"人以群分"链条的最底端，成为没人愿搭理、想交往的人。

如何打造自己的人脉、正确交友呢？

一、要转变观念。有人以交友多为目的，并以此彰显自己社交能力强，吃得开、人脉广。其实，交友不能以数量取胜，而应以质量为先。比如你交了一些只知吃喝玩乐的酒肉朋友，无论数量多大也都是一些低俗而没有思想的人，他们不能对你的成长和发展有所助益。交友不是靠的交往能力，而是靠自身实力。交友表面上看，是你的交往能力成就了你的朋友圈、关系网。其实，真正有用、有益、高规格的朋友，并不是因为你善于交往而与你交好的，而是因为你的人品、实力、学养等高人一等，这些才是你吸引他们的关键。所以说，人脉不是追求来的，而是吸引来的。你的地位和关系都是由你的能力决定的，由"你是一个值得别人交往的人"这个根本价值决定的。

二、要过滤你的人脉群。我们需要对身边交往的人、人脉群作一个梳理，把那些不靠谱的人排除在外，以提升你的人脉质量。不然，你的时间和精力都耗在那些不值得交往的人身上，失去的是可以使自己变得强大和优秀的时间和机会。所以，你必须过滤周围的人，缩小朋友圈，将那些自私自利的人、心胸狭窄的人、口是心非的人、精于算计的人、毫无诚信的人从你的好友圈中剔除出去，把时间留给真正关心你的人、人品正直的人、积极进取的人、志趣相投的人、对你有教益的人。这样精简你的人脉圈，让你所交往的都是品位高、心地纯、能力强的人，跟与自己志同道合的人彼此相互砥砺，共同进步，你才能从中获取更多的"正能量"，进而更好地发展。

三、要专心做可以提升自己的事。说到底，人做大做强自己是最重要的。你只有足够的优秀，才有人愿意帮助你，自身没有过硬的本事，靠谁都不行。唯有让自己变得强大，你才能获得优质的人脉。真正有本事的人，他会吸引一批志同道合的人在他的周围，而且圈子范围要比那些刻意经营人脉的人大得多。这样的人对自己的人格力量、学识魅力充满信心。诺贝尔奖获得者屠呦呦就是这样的人，她以自己亲身的体验，诠释着自强成功的定律，并希望把这一定律推己及人，让更多人去躬求践行，让世界充满"正能量"。她曾说，不要去追一匹马，用追马的时间去种草，待到春暖花开时，就会有一批骏马任你挑选；不要去刻意巴结一个人，用暂时没有朋友的时间，去提升自己的能力，待到时机成熟时，就会有一批朋友与你行。用人情做出来的朋友只是暂时的，用人格吸引来的朋友是长久的。所以丰富自己比取悦他人更重要。一个真正有本事、有价值的人，根本无须多虑自己的人脉及人脉的质量，你若盛开，蝴蝶自来，你若精彩，天自安排。

养生的境界

物质生活的小康和富足，让人们越来越注重养生。广场舞的勃兴，养生会所的丛生，爬山、游泳、骑车、旅游各种"乱花迷眼"的锻炼形式充斥着人们的生活。媒体上的健康养生节目的热络，周围人的健康养生意识的增强，都让我不禁思考这个话题。我想论及养生，不能只从身体的角度出发，心灵或者精神领域的滋养也同样值得关注。

一、少私寡欲养生。少私寡欲是老庄哲学倡导的一种思想。庄子说，"平易恬淡，则忧患不能入，邪气不能袭，故德全而神不亏"，"纯粹而不杂，静一而不变，恬淡而无为，动而天行，此养生之道也"。养生是指对生命的滋养，是指对生命的把握、持守、呵护、照料的状态。少私寡欲不是提倡肉体生命的禁欲，老子也不反对人们"甘其食，美其服，安其居，乐其俗"。他所倡导的是，希望人们过一种恬淡无欲的生活，以恬静返真涵养人的内在智慧和生命。所以道家所强调的恬淡无欲或少私寡欲真正的内涵是指人应除去过分的欲望和要求，这样不仅不会影响生命的质量和幸福的成色，而且还会涵养人的生命，给人的幸福"加分"，最终达到养护生命的效果。而当今社会，有的人私欲膨胀，利益至上，在金钱、权力、美色面前没有节制，迷失自我，落入欲望的陷阱、沉沦的"黑洞"。有的人一味"向钱看"，不择手段，欲壑难填，一不小心就把自己折腾了进去。有的人嗜权如命，拼命钻营，可是谋权者一旦有权，就易被权力之丝缠住，甚至陷入囹圄。这些人倘能持守道家倡导的少私寡欲的养生真髓，戒除或减损过分的欲望和要求，何至于此。

二、顺应规律养生。养生之道，还在于顺应规律。即便外在的身体的锻炼，也要讲究科学，否则也会适得其反。庄子《养生主·庖丁解牛》，写一丁姓的厨师解牛，解牛时发出的音响竟然如同《桑林》《经首》两首乐曲的节奏那样合拍美妙，三下两下，稀里哗啦就把一头牛分割了。当梁惠王问及解牛之道，他说，我对牛的感知是"目无全牛"，解牛上手时是"以神遇而不以目视"，"依乎天理"，"因其固然"，下刀时是顺应牛体结构的缝隙而运刀，所以他的刀，用了十九年"而若新发于硎"。而那些砍骨头的"族庖"，一个月就要换一把刀，割肉的"良庖"也是一年就要换一把刀。梁惠王听了这些之后，不禁感叹："吾闻庖丁之言，得养生也。"这个故事启示我们，人之养生一定要遵循规律。镜破不改光，兰死不改香。规律是变中不变的东西，是不可改变的。我们只能顺应，而不可偏执、固执、较真，否则就会沦为像一般的厨师那样用刀乱砍牛骨，费力而辛苦，而且一个月就砍坏一把刀。所以善于养生的智慧人生，一定要用心去发现规律、顺应规律，顺势而为，循天而动，这样你的生命才能如庖丁手中的"刀"那样，健行不息，养护有道，始终"若新发于硎"。

三、处世应然养生。这当推明末清初的王夫之提出的"六然"处世养生之法，即自处超然，处人蔼然，无事澄然，处事断然，得意淡然，失意泰然。这"六然"既是王夫之的处世哲学，也是应然的养生之道。自处超然，是指当人自处时，要超脱一点，不要总琢磨蜗角虚名、蝇头小利之事，或被得失、利害、金钱、权力等牵着鼻子走，而应该超然其外，洒脱不拘，不汲汲于功名，不耿耿于富贵，做一个襟怀旷达、超凡脱俗的人。其养生效果正如白居易诗曰："自静其心延寿命，无求于物长精神。"处人蔼然，是指待人接物要和蔼可亲，与人为善，谦退得体，宽仁大度。切不可居高临下，恃权傲物，盛气凌人，不可一世。无事澄然，即无事之际，要静心澄怀，心境澄明，看清世事，分明事理，做一个洞明世事、智慧练达的明白人。处事断然，是指有事或处事不要犹豫不决，而要当机立断，果决处置。得意淡然，说的是得意之时，要淡然处之，安然对之，不要得意忘形，张扬炫耀，刻意炒作，给人以小人得志的浅薄印象。失意泰然，说的是人在失意之时要能泰然处之，坦然面对，不能一失意受挫，就觉得天塌地陷，不得了了，好像世界末日到来一样。失意时应调整自己的心态，要想得开、输得起，要有"天塌下来有地接着"的泰然境界，更要有"天塌下来当被盖"的超脱与达观的大境界，这样任何困厄艰险都不能把你击倒。能够做到这"六然"者，都是历练修为极高的人，都是被人尊敬钦佩的人，他们活在应然的境界中，是世人效法的楷模。

禅修是一种智慧

　　禅修是照料自己的心境的"心灵的培育和关怀"。它是人性修炼的一种手段，一种安身立命的生活智慧。比如禅修所倡导的"八正道"：正见（正确的知见）、正思维（正确的分析、思考）、正念（正确地立身行事）、正语（正确说话）、正业（正确行为）、正命（正确地谋生活命）、正精进（正确的改善）、正定（正确的专注力），传递的就是人性修炼的一种正能量。

　　禅修的目的在于"开悟"。如我们常说的参禅悟道，即"参禅"的目的是"悟道"。而禅悟得道当然是智慧的体现。开悟得道、生成智慧禅修的手段和路径在于禅定"静虑"。禅修也是一种"思维修"。禅定静修，就是要让我们面对现象和问题进行内在反思，透过生命或生活现象鞭辟入里，探求禅悟内在真谛，获得一种生活智慧。使心灵得到安顿，精神得到超越，思想得到升华。所以禅修是一种内省的方法。荀子说："君子博学而日参省乎己，则知明而行无过矣"，"知明而行无过"，就是智慧的体现。

所以,《大学》有云:"知止而后有定,定而后能静,静而后能安,安而后能虑,虑而后能得。"这可以说就是禅修的行为程序和智慧习得的过程。

通过"静虑"禅修获得的智慧,表现在洞察看破、放下舍得、自在自得几个方面。

一、洞察看破,即"开悟"。开悟,即禅修的目的。悟社会、悟人生、悟生活、悟工作、悟所有应悟能悟之事。洞察看破的手段是"正思维",即通过静虑反思,禅悟参透,看破社会世相、事物真相、自身命相。社会世相是纷繁复杂的,真伪、善恶、美丑交织混杂,没有开悟洞明的一双慧眼,很难辨明厘清,而禅修正是借我们一双慧眼,把复杂世相看得清清楚楚、明明白白。事物真相不是彰显于外的、可凭感官感知的事物表象,而是潜隐于内的、隐性的、内在的规定和联系。没有智慧之眼、心灵之光,想要洞察看破,谈何容易。自身命相的洞察看破恐怕是最难的,所以才有"人贵有自知之明"之说。

二、放下舍得。放下舍得其实是洞察看破的延续,但绝不是要人们出世修行、遁入空门。而是一种生活智慧、哲学智慧。禅学强调"慈、悲、喜、舍"四种心态。舍即其中之一。放下舍得并非易事。人之违逆智慧之处,在于并不清楚自己拼命追逐、所求所为的目的何在。当然,放下舍得,须有前提,这就是你曾经拥有、曾经"拿得起"过,如果你从来不曾拥有或"拿得起",你放下什么? 拿起与放下可有四种组合:"拿得起、放不下",这

143

种人能够奋斗、付出，却贪恋权力与既得；"拿不起、放不下"，没有能力、担当、责任，却只想名利享受；"拿不起、放得下"，这种人活得没有目标和追求，随俗俯仰，平庸一生，白来一世；"拿得起、放得下"，这种人能奋斗进取、有所成就，也能顺应机缘舍弃，得失坦然，宠辱不惊。"拿得起、放得下"才是真正的大智慧。

三、自在自得，即"见性"。这是一种生活自适的达观，一种心灵超脱的解放，一种人生洒脱的境界，一种生命的哲学智慧。人活在大千世界，为了生存发展、责任和担当，不免奔波劳碌，活得太累。好比蚕是被蚕丝裹住的，人是被自己羁缚的。所以，人不妨活得潇洒一点，不要总和自己较真，要多一点超脱的智慧，追求自在自得的生存状态。自在，是一种禅境，更是一种生活情态，一种生命的状态，一种人生的智慧。人要生存要生活，但要活得心安理得，活得洒脱自然，活得有品位、有格调，自在自得。这才是生活和生命的真境界，是从心底诱发出来的彻底的达观、轻松、愉悦。恰如禅诗有云："风送水声来枕畔，月移山影到窗前。"有了这样的心境和自在，生活便如"雨过竹风清，云开山顶露"般灵动与明净。自得，也是一种开悟。比如走进自然，望云卷云舒，观花开花落，看雨疏雨骤，赏雪飘雪落，你的心灵和身心会得到一种放松和休憩，会悟得自然和生活之美、之乐的真谛，它会给你启迪，让你反躬自问，去追求生活的新常态、新含义。

话说知识分子的"思想"和"脊梁"

曾在微信群读到一篇题为"知识分子的'思想'与'脊梁'"的文章，强调"知识分子起码要具备两个特征：一是'思想'，二是'脊梁'"。笔者深以为然，不妨也一说。

知识分子为何必须有思想。从"知识分子"的词组分析看，知识是人们对客观事物反映的精神产物，是思想与逻辑相结合、得到精心阐释的符号化的理论体系。知识经过人的系统总结就具有了存在的客观属性。就是说，知识是客观的、异己的学说体系，是物的层面的东西。"知识"与"分子"相叠加，其逻辑主体就转换成了人。这一转换意味着这一定性视域下的人，不仅占有知识，而且还能生成自己的思想，才配称知识分子。从知识与思想的关系看，知识是客观的、异己的，思想是主观的、本己的，如果一个人不能将知识转化为思想，知识就永远是一种"异在"的存在，而不是一种"我在"的内化。有知识而不能内化的人充其量算是"两脚书橱""知识容器""存储硬盘"，与真正的"知识分子"的内涵和要求相去甚远。从知识和思想的互构关系看，知识不是目的，文明的薪火和思想智慧不竭地衍生和再造才是。在这个意义上，知识是手段层面的，是前人为着启迪后人的精神遗存、智慧铺垫，是留给后人的思想台阶，便于其拾级而上，完成思想的再生和超越，这也是知识分子的使命和责任。完成这样的使命，仅凭一点僵死的知识，不进行活化和转换是根本不行的。

思想是人的本质特征。从人的价值看，知识分子的全部价值和尊严就在于有"思想"。知识分子是社会的大脑和灵魂。帕斯卡尔说，人是有思想的芦苇。叔本华说，只有我们具备独一无二的思想，才真正具有真理和生命。巴尔扎克认为，一个有思想的人，才是力量无边的人。对知识分子而言，更是如此。他们是一群与思想过从甚密的人，也是一群以思想作为存在方式来回馈社会和世界的人。思想是知识分子的灵魂。知识分子如果没有思想，这个民族必然是在思想领域"贫血"的孱弱民族，这个国家必然是没有抬头挺胸资本的"思想矮子""文化侏儒"。所以知识分子必须具备独立而深邃的思想，对事物有超出常人的见解和认识，不随波逐流、媚俗从众，敢于表达自己的思想，这样的知识分子才是国家的骄傲、民族的大幸！

再说知识分子的"脊梁"。"脊梁"就是"骨气""腰杆"，即孟子说的"富贵不能淫，贫贱不能移，威武不能屈"。知识分子任何时候都应该坚持独立人格，坚持真理，不屈从强权，不贪图

146

名利。知识分子是社会的脊梁，一个知识分子不能挺直脊梁的社会，整个民族的精神脊柱必然是佝偻的、弯曲的。但知识分子要想挺直脊梁，前提是必须有思想。思想是知识分子立世生存、价值所系的根本，一个没有思想的所谓知识分子，只能人云亦云、拾人牙慧，或俯仰附和、唯唯诺诺，连话语权都没有，又谈何坚持和"脊梁"。所以"脊梁"也是源于思想的。"思想"是"脊梁"的基础和支撑，有"思想"，有了对真理了然在胸的把握才有坚持的理由和资本。反过来，有"思想"，但没"脊梁"，没有正气、人格，也不能坚持真理，这涉及人的品质和素养。对知识分子而言，思想和脊梁都不可或缺。努力做一个真正的既有"思想"又有"脊梁"的知识分子吧。

三十，你"立"了吗？

——写给青年教师

三十而立，是孔子为人生发展划定的一种阶段性目标，也是衡量自立与小有建树与否的一个年龄界限。一个本科生22～23岁毕业，到30岁也有7～8年的工作经历了，要求"立"情理之中，符合人生规划的设定与追求。

对于教师来说，年至三十，我们有没有"盘点"一下，我们"立"了吗？恐怕能够自信地做出肯定答复者并不多见。当然，我们这里所强调的"立"的内涵是特定的，主要是指教师在职业成长或专业发展上初有所成。我们并不赞同把"立"的标准提得太高，难以达及的目标往往让人望而生畏。我们认为"立"作为一种具有相对意味的愿望，一种应然意味的要求，应该是一个高于一般人的、经过努力可以实现的目标。如在科研上小有斩获，在教学上崭露头角，职称上略进一步，读书上有所精进，等等，倘能做到其中之一，就不枉为"立"了一把，就算达及了"立"的一般要求。尽管以这样的门槛和标准，又有多少"立"之年的青年教师达标了呢？恐怕并不乐观。

就青年教师如何"立"的路线图，我想粗略给点建议。

三十而立，须有及时勉励、时不我待的紧迫感。三十而立，是孔子对人成长提出的一个时间节点，亦是一种勉励、提醒和鞭策。对此陶渊明深谙其义，曾赋诗曰："盛年不重来，一日难再晨，及时当勉励，岁月不待人。"对于许多青年教师来说，自以为尚有年龄资本，优哉游哉，蹉跎岁月，缺乏紧迫感，而时间就在我们搓麻将、玩牌的消遣中不经意地流逝了。三十这个时间节点也许只是一晃神就远离我们了。岁月的脚步匆匆复匆匆，我们也只好无奈地调侃自己已是"奔四"的人了。是的，时间流逝，年龄增长，可它究竟给我们带来了什么？我们"立"住了吗？所以我们必须珍惜流年，把握时光，追求自觉内省的人生，让每分每秒都不虚度，让生命在岁月中熠熠生辉。

三十而立，须有及早发奋、立志高远的上进心。追求"三十而立"的实现，仅有对时间的紧迫意识还不行，必须及早发奋、付诸实践。一要多坐书桌，少坐酒桌、牌桌。学以获知、学以致远，以阅读的时间换取发展的空间，以积淀和内蕴的丰博夯实发展的根基。二要用心教学、善于反思。朱永新教授说过，一位教师不在于他教了多少年书，而在于他用心教了多少年书。华师大叶澜教授也指出，一个教师写一辈子教案不一定能成为名师，如果一个教师写三年反思可能成为名师。一个不用心教书和反思的教师，不要说三十而立，就是终其一生也难有作为。追问三十而立实现与否的另一目的在于，勉励青年教师志存高远、积极进取，早日成为能师、名师，而不是终其一生毫无建树的庸师、教书匠。这就需要"仰望星空"，追求高远的目标和存在，要永远保持上进心，才能到"立"时有成，最终成为名师，实现自我的价值。

三十而立，须确立自己核心竞争力优势。核心竞争力是人无我有、人有我优、人优我特的一种独到的能力。这种能力不是一蹴而就的，而是久久为功、持续打造而成的。这要求青年教师，一定要快人一步显见识，及早确立自己的发展方向和目标，找准自己的成才坐标，保持先人一步、快人一拍的发展优势，从而自信满满、动力十足地前行。要专心有恒，"致一而不懈"。锁定目标到实现目标是一个艰苦的过程，没有专心有恒的执着坚守，致一而不懈的努力追求，是不可能实现的。它需要"咬定青山不放松"的恒定，"千磨万击还坚劲"的坚毅，需要过滤浮躁与浅薄，弃绝喧哗与骚动，拒斥诱惑与追风，心定神凝地精心培育、持续建构，才能打造别人无法取代的核心竞争力，进而在职业成长和发展的道路上不断取得进步和成功。

"四十不惑"新见

四十不惑，是孔子给出的人谋道修身的阶段性目标或要求。何谓不惑，得先从"惑"字说起。"惑"者，"或"与"心"的叠加。"或"就是或许、或者、不确定性。或然判断，就是有可能而不一定的判断。或，就是可以这样，可以那样，它要求你必须用心做出选择决断，于是就产生了"惑"。尤其是当下的社会价值多元、选择多样，人面临着"或"此"或"彼，"或"真"或"假，"或"善"或"恶，"或"利"或"义等太多的选择，当然会使"心"产生迷惑茫然。所以"惑"者，选择迷茫、定位困惑、价值焦虑。"不惑"就是指我们有了自己的明确的选择和定向，确立了追求的价值和目标，或者说是获得了生命的某种确定性体悟和认同。

我们希望青年教师对自我发展的方向性确认和定位的"不惑"能够来得早一点，来得快一点。现在的问题是，有的青年教师到了该"不惑"的年龄，依然有惑，依然不能解惑，依然懵懂。他们满足于"教书"的现状和角色，觉得这个职业虽不敢说光鲜亮丽，但比较稳定。他们觉得自己的收入"比上不足、比下有余"，不必心高志大、积极进取。这种自我满足、不思进取的精神状态，是催生"教书匠"的最直接的思想根源。这些人从不存有发展定向意识，虽身处"惑"中，甚至被"惑"缠身，却并不自知、自明。

教师应该唤醒"惑"的意识，确立发展目标，追求在本领域的成功。

唤醒"惑"的意识。当下真正的危机在于教师的"无惑"状态，"无惑"非"不惑"。前者是教师自以为是的、非自明的盲目状态，后者则是指解惑以后达到的澄明之境。那些自以为"无惑"的教师，缺乏对人生的规划和思考，没有发展意愿和追求，深陷"惑"中而不自知。还有的虽然意识到"惑"的存在，却不思解惑，认为"惑"也好，"不惑"也好，都没有自我超脱的感觉好。这是典型的放弃发展、拒斥进取，只想混日子的状态和表现。所以重点问题在于唤醒这部分教师的"惑"的意识，使他们从"失惑"的心理迷误口走出来，不再麻木盲从，寻求自己发展的选择定向。

确立成长发展目标。确立自己成长发展的方向目标非常重要。它是解"惑"的内涵所在和"不惑"的根本。没有这样的方向选择和目标定位，我们如何出发？向何处去？都是一本糊涂账，又以何"不惑"？确立"不惑"的发展目标，可以是教师层次等级上的名师或能师，它能使我们突破教师职业发展上的"教书匠"的瓶颈，向着卓越进发；可以是学习研究领域上的定向确认，当然这种研究最好是与自己的专业发展和教学实践紧密联系的，是既脚踏实地又仰望星空的研究，而不是脱离实践之"皮"，使研究之"毛"无所依附的"无根"的、"两张皮"式的研究；也可以是实践技能领域有所突破、有所建树的目标，使自己真正成为"双师型"的教师。这些都要求教师在规划的人生路径上，向着设定的发展目标，脚踏实地、一路走好。不要畏惧前行路上的困难和艰辛，很多时候，价值和困难是成正比的，困难越大，价值越大。所以我们应该把困难作为考验我们的磨砺、激励我们前行的内在动力。这样才能在"千磨万击还坚劲"的不懈追求中，攻坚克难，实现应然的价值期待。

放大你生命格局的涟漪

　　关于格局，费孝通有过一个比喻：格局好像是把一块石头丢在水面上，所产生的一圈圈推出去的波纹。笔者非常赞同这一"格局涟漪说"。一是从内涵看，石头是人本身的价值和分量，水是石头作用的对象，涟漪是人产生的社会影响力的大小。人的格局的大小是由主体的石头作用于客体的水产生涟漪的大小效果来判定的。二是从效应看，它非常形象地把握住了格局是以生命的石头为中心产生的外溢效应。涟漪代表向外散逸波及的影响力，圈层越多越大，波纹越远，代表格局越大，社会影响力越广。

　　格局是由丢入水中的石头的重量所决定的。石头越重，击水的力度越大，产出的波纹涟漪就会荡漾得越远。石头的重量就是人的价值含量。如果你是轻于鸿毛的人，落入水中不可能激起半点波纹；如果你是巨大的天外来石，落入水中不仅能激起辽远的涟漪，而且还能激起滔天巨浪。所以大格局的人或做大事的人，一定要潜心修炼自己的价值，使自己成为举足轻重的人、组织所依赖或离不开的人，这样你所产生的价值涟漪，才能波及得更大、更远。

格局是人的生命能量所能达及的边界。所有的一圈一圈荡漾开去的涟漪都是联系着人或被人影响着的对象。人的格局的能量是以波及最远的那圈涟漪来衡定的，它就是人的格局的边界。人一生都在追求放大自己存在的边界，其实就是放大格局的边界。

格局是人的人格力量所能辐射的范围。格局是人的影响力的辐射场和作用场。对水而言，这种辐射就是扩散出去的涟漪。它是与人的人格力量或人格魅力呈正相关的。人格力量或魅力是人的德行、修养、品格赋予人的一种吸引力。人格力量或魅力大的人，这两种力量就大，其影响力和吸引力就大，其格局向外辐射的范围就广。不妨借一类比来看，人格之于人犹如花香之于花。花的美的传播仅限于人的目力所及，但花香却会随风而逝、飘散得很远。花香散逸的范围就是格局作用的范围。人格成就的格局，又好比一种强大的"气场"，能够笼盖和鞭及周遭。同时，人格又是人魅力的名片，是人最大的财富。人格魅力强的人，具有一种强大的磁场，能够获得更多的人呼应、聚集其身旁，吸引志同道合的人，形成向心力、凝聚力，共同完成大事业、成就大功业。

格局是人的心量和胸襟的广大。人不仅要有力量，更要有心量。心量，即心的能量，精神能量，它是人的整个能力的本源和主宰。力量是显于外的，心量是隐于内的。心量决定力量。正

155

如欧阳修所说，万事以心为本，未有心至而力不能者。司马承祯说，心者一身之主，百神之师。心量与人的胸襟抱负成正比。范仲淹苦读及第，"大通六经之旨、慨然有志于天下"，常自诵曰"士当先天下之忧而忧，后天下之乐而乐"。这就是读书人的家国胸襟。这样的人必然是有大格局、大视野的人。其向外辐射的生命的涟漪，必然波及广远，惠及众人。

格局是人输赢的定数和成功的根本。人的输赢的定数和成功的大小取决于格局。格局最小的人，坚持的是"我要赢"，而身边的人都输；小格局的人，想赢而未必能赢。因为他们太贪鄙、太自利，为了自己的赢，不惜不择手段、损人利己，把别人都打压下去，而凸显自己。这样与别人格格不入的人很少会是真正的赢家。格局中等的人会顾及他人，信奉"我要赢"，但不排斥身边的人一起赢。这样的人人脉良好，不乏成功者。格局大的人，早已超越于输赢，但因眼界和实力均已到位，所以虽超然其上，但一般还是会稳赢不输。这种成功一是超脱，越超脱别人越佩服。二是眼界和实力，他们早已超越了他人，身在最高层，一览众山小。正所谓：天不言自高，地不言自厚，日不言自亮，月不言自明。

活出自我

　　活出自我不易，能真正活出自我的人也不多。社会上一部分人好像感染了一种虚假综合征，真品性、真自我、真内魂全被包装起来，藏掖起来，遑论坦诚。假人假事、假情假意、假话假物让人不齿。表里不一，内外不符，心口矛盾，说做两样的人走到哪里都不受欢迎。保持个性与真诚、坦率与实在，活出自我也确实不易。但不易并非不能，事在人为。简化人际关系，看淡名利之争，抛却精神负累，保持率真与洒脱，都可以化难为易。

　　活出一个真实的自我。这个自我不是收敛锋芒，压抑个性，屈从他人，放弃思想，活得窝窝囊囊的自我；不是虚与委蛇，奉承套瓷，好话上前，溜须逢迎的自我。应该是有思想、有个性、有主见、有血性的自我，是敢说真话、敢辨是非、敢于较真、敢出逆耳忠言的自我。例如评议工作，好就是好，不好就是不好。不要遮遮掩掩、藏藏掖掖，明知不对，少说为佳；或避重就轻，粉饰缺点，回避问题。再如学术争鸣，不要惮于权威、师长，三缄其口，不敢表达自己的思想和观点。亚里士多德说，吾爱吾师，吾更爱真理。孔子也说，君子坦荡荡。尤其是当外在事物与自己生命的内质发生严重抵牾时，更应该活出真实，活出坦诚，活出性情。虚饰和伪应是心灵的自我扭曲和戕害。

活出一个执着的自我。这个自我不因外界压力而随意改变，不因时风众势而屈己从人，迷失自我。要有点李白不"摧眉"事人的骨气，要学习陶潜不为斗米"折腰"的精神。只要是认准了的正确的事就一条巷子走到黑，说要说的话，做该做的事，不管别人怎么说。嘴长在别人身上，你无法掌控；但你完全可以把持自己，主宰自己。要守住心灵中的那份坦然，那份超脱，那片初心，那股我行我素的执拗劲儿。绝不要因虚假的噪声，就淹没了自己心灵的呼喊；也不要因一片片面的叫好之声就忘记了自己真实的声音。而有些人喜欢活在别人的眼中或者说为别人活着，其实，别人怎么看你并不那么重要和值得在乎。有时候，你善良，别人说你没脑；你沉默，别人说你没用；你冷静，别人说你孤傲；你活泼，别人说你疯癫。如果你总是试图活在别人的眼中，有时真的没法活。所以还是应该活出自己，走自己的路，让人家说去。

活出一个洒脱的自我。不要活得太累，不要总活在别人的影子里。虚伪的尴尬、应酬的紧张、防范的焦虑已带给我们太多的心理压力和负担。比如做事总爱琢磨领导的意图、好恶，行事总是考虑人际关系的"润滑"，处事总想摆得四平八稳，落个八面玲珑。而问题的关键是我们是否认真反思过：这样做究竟该不该、值不值。老实说，凭我们个人的才智干好工作都已心老力绌，捉襟见肘，哪可能再分些精力和心神去琢磨别人，庸人自扰。事实上，我们许多工作做得不好或做得不理想，就是因为误入了这个内耗的怪圈。所以我们做人做事不妨做做减法。学学老子的"守玄抱一"，庄周的"洞达放逸"，不要老是处处设防，"八面受敌"，穷于应付。要多琢磨事，少琢磨人；多琢磨工作，少琢磨关系。这样简化一点，单纯一点，虽然不能样样顺心，但却可以努力事事尽心。当我们活得轻松一点，洒脱一点，豁达一点，做事效率会更高一点，做人价值也会更大一点。

活出一个出彩的自我。出彩，是活出精彩之意。它是人活在世上目标层面的东西。有人说，在这个世上，比死更可怕的就是你从来没有精彩地活过。人之所以要活出真实、执着、洒脱的自我，还是为着事业有成，人生出彩。活出自我，绝不仅仅是为了彰显个性、特立独行。如果不是为着活出彩，这样的活法也将失去值得称道的意义和价值。尼采说过，每一个不曾起舞的日子，都是对生命的辜负。出彩就是要拒绝平庸。平庸是寻常而不突出，平庸就是被眼前淹没。平庸是庸碌而不作为。平庸和平凡不同。我们可以平凡，但不可以平庸。平凡是就身份和工作性质而言，你是保洁工，他是领域专家，相比之下，前者平凡。平庸是就工作的态度和绩效而言，如果保洁工兢兢业业、尽心尽力做好工作，就是虽平凡而不平庸；如果领域专家傲慢自是、不敬业乐教、误人子弟，就是虽不平凡但却平庸。人活着如果终身庸碌而不作为，哪里还有什么"自我"在，完全是"泯然众人矣"的庸碌之辈。进而言之，活出自我，即便不能出彩，也不应平庸。努力无憾，尽心无悔，即便失败，即便输了，其追求和努力的过程，也值得人们尊敬和骄傲！

喝茶与人生

　　茶，生于天地之间，采天地之灵气，汲日月之精华。茶，含纳岁月之机，沁润四季之德，春光、夏荣、秋蕴、冬藏孕育其里，乃成世间之珍品。

　　茶这个字拆开来，就是人在草木之间。喝茶其实就是人的心灵身心向着草木自然的一种回归，仿佛人归山林、入草木的还原过程。它代表天人合一的境界。人生如茶。看上去不起眼的干缩的茶叶却蕴藏着美好的期许和张力，好比人生存在着无限发展的可能。

　　茶离不开水。明代《茶疏》云："水为茶之母。"好茶需好水，好水沏好茶。水是浸泡、离析、生发茶叶的存在。水离开茶，平淡无味；茶离开水，无法入口。正如台湾诗人张错在《茶的情诗》中写道："如果我是开水，你是茶叶，那么，你的清香，必须依赖于我的无味。"这就是水与茶的关系，相生互融，相依互成。水是人生获得的外部环境、教育等，它是人的成长不可或缺的必然要素、精神资源。离开了环境与教育，人的生命就将成为兴味寡淡、失去内涵的白开水。

人生正确的打开方式，可以学学茶叶在与水的互融浸泡中的释放与生发。君不见，当你把滚沸的开水注入杯中，干缩的茶叶就获得了生命的滋润，显示出了生机与活力。萎缩的形体渐次舒展开来，晦暗枯褐的颜色也绽出光鲜的绿意。它们或上或下，在杯中浮漾、游弋，慢慢地，白亮亮的水便濡染成青碧碧的茶，一缕清香和温馨便随着蒸腾的热气弥散开来。这时你若品呷一口，呀！醇厚清新，余香满口。这个过程好似人生。在生命的滚水中反复折腾、浸泡，把自己内在的潜质逼出来。在茶叶人生的打开过程中，知识文化的开化、沁润、濡染功能表现得淋漓尽致，人也在文化知识的作用下，完成了自己的价值表达和释放，成就了生命的一杯好茶。

好茶，生于幽谷峻岭、高山云雾，品质清高，不染尘氛。花美在外，茶美在内。茶并不以美艳亮丽博人眼球，而是以喝到口中醉人的清香沁人心脾。人应该追求茶品的高洁，追求茶的内涵和底蕴丰盈的内在美。品茶如品人，不是吗？喝茶的人是坐下来、慢下来，宁静而理性的人。这样的人注重书香润身、宁静致远、人格修炼，因而亦多是格高而韵远的人、修身而有为的人。

茶的苦与甜与人生的苦与甜理趣相通。所以喝茶时不要忘了从中品味和领略人生的苦与乐、得与失。苦是茶的真味，也是生命的真味。好茶总是先涩后香，先苦后甜。如《茶经》说："啜苦咽甘，茶也。"人生也总是甘苦交叠，经历风雨乃见彩虹。喝茶实际就是对生命的一种体味和感悟。人不能只想着生命的清香甘甜的好而拒斥苦涩，应该懂得甘苦香涩是互依互存的。人生如品茶，苦的铺垫与甜的回甘机理是一致的。只有懂得苦的付出与品尝，才能换来甜的纯美与香醇。只想得到甜，而畏惧付出苦，那甜只能是存在于臆想中的"水月镜像"而已。人生是一个经历苦难磨砺而后甘甜的过程。所谓"苦寒凝梅香，磨砺出剑锋"是也。人生苦一阵子，也许就能甜一辈子；反之，不想苦、不愿苦，则可能会苦一辈子。

茶在杯中浸泡时有两种姿态：浮与沉。浮是茶叶浸泡过程中的暂时状态，沉是浸透了水的茶叶的沉潜状态。它给予人生的启示是：浮是生命的短暂状态，沉潜、沉淀才是生命的常态。浮沉之道，相辅相成。没有浮，就没有沉；没有沉，又何来浮。沉浮之间，才见出生命的真谛，沉是人生的主基调。饮茶有两种姿态：拿、放。茶，要浮得起，沉得下。喝茶要拿得起，放得下。人生亦如是，失败时要拿得起、浮，不要被打趴；成功时要放得下、沉，要沉稳、低调。

这就是喝茶内蕴的人生之理，它带给我们的生命启迪，恐怕比喝茶本身更须品啜、咂摸、回味、深思，只有这样才能感悟人生的独到茶味、茶理、茶韵。

说难易

　　事，一般指社会或自然界的事情、事务或事件等。做事指从事某种工作或处理某项事情。难易观则是指人们对做事难易的认知、看法和观点。现实中人们所做之事通常可以分为难事和易事两类。做事不外是对难事和易事的处置、解决和转换，是难易之间的选择、权衡、践行和转化。难与易之间的关系通常可以构成四种组合：由易到难，由易到易，由难道易，由难到难。我们对难易之事的处置，无非就是这四种模式的选择取舍或融通变达。我们该如何正确地认知做事的难和易的问题，确立和建构应然的做事难易观呢？

　　在难事易事之间应选择做难事。这是目标层面的价值选择。做事的目的，往大了说是为国为民建功立业，往小了说是个人发展、成长进步。而达及这样的目标，显然难事更具有实现价值。换言之，很多时候做事的难易与实现目标的大小是成正比的。但人们总是害怕做难事，规避和推诿难事，选择做易事。许多人

164

经常反思追问，为什么我们辛苦做事，却总是不开心？因为人总喜欢做容易的事。这样的事即便成功，也没有惊喜的价值。何况失败。尼采认为，人的特点是逆流而上。如果太简单，失败时就没有借口。挑战困难的事情，即使失败了，别人也会称赞你的勇气，至少会安慰你，你真有勇气。做难事，即使失败了也能得到别人的赞赏和鼓励，更何况你不一定失败。

在难事和易事切入上由易入手。老子说："图难于其易，为大于其细。天下难事必作于易，天下大事必作于细。"这就提示了我们做事的顺序必须遵循由易到难的准则。但前提是"图难"或"为大"，即做难事或大事时必须如此。这里"图易"或"为细"是不在其中的。因为根本没有难度值，也没有循序渐进的台阶和梯度，当然也就谈不上由易到难，只能是"由易而易"的一种简单至极的平行推进，而后被一种毫无长进的平庸淹没。而我们现在做事想发展进步，又不愿"图难""为大"，一味求易，一味追细。"图难"要由易切入，"为大"要由细着手，"由难而难"，其实更直接、更高效。由易而难是事物发展质量互变的规律使然。事物的发展都是由量变到质变的。大国工匠炉火纯青的技能，都是经历了几十年由易到难的实践磨砺的量变，才臻于登峰造极质变的化境的。没有几十年的技术技能的量变积累，就不可能达到全国乃至全世界技能一流的巅峰突破。由易而难是做事可能性到现实性的必然路径。可能性和现实性是辩证法的一对范畴。可能性又分为现实可能性和潜在可能性。做事的由易到难就是从现实

165

可能性入手，一点一点积累突破，然后实现潜在可能性。许多人类的美好想象的实现，如"千里眼""顺风耳""像鸟一样在天空飞翔"，都是经历了这样的过程。遵循事物发展规律，做事由易到难、循序渐进，是规避失败走向成功的不二选择。人做事为什么会失败？原因当然是多方面的。但急于求成肯定是失败的重要原因之一。而且这样的失败，还会造成人的自信崩塌、梦想幻灭，陷入万劫不复的深渊。

在难事和易事的转化上实现由难而易，这是目标层面的境界。这一境界的实现，始于由易到难，终于由难到易。这是一个循环往复、不断转化的发展成功的过程和境界。试想一下，如果我们做事始终由易到易，一辈子只能做容易的事，那是被平庸淹没的无为的一生。如果始终由难而难，没有突破和建树，那是做事失败、困顿的一生。可见在做事难易抉择的四种模式中，我们必须锁定"由易到难"的渐进路径，迈上"由难而易"转化的高阶，才是成功的人生。成功的人生都是由无数"成如容易却艰辛"的难事熬出来的，都是在"苦其心志，行拂乱其所为"的纠结困顿中坚持不退场撑下来的。为的就是实现"难者亦易也"的成功转化。是的，当我们做到了别人做不到的很难的事，我们应该感谢磨砺赋予我们的坚韧品格，感谢难事增长了我们的本领和能耐。这些难事逼着我们释放出生命的潜质、潜能、潜力。

我想借王国维的成功三境界归总一下以上做事难易的论述。第一，人是要做点难事大事的，目标要高远一点，即"独上高楼，望尽天涯路"；第二，要由易到难坚持不懈地做，即"衣带渐宽终不悔，为伊消得人憔悴"；第三，这样才能迎来化难为易的成功高境，即"众里寻他千百度。蓦然回首，那人却在灯火阑珊处"。

书香的浸润

人的生命是需要滋养和浸润的，不仅需要食物的营养赋予生命以能量和活力，更需要书香滋养人的精神和灵魂。

书似青山常叠乱

　　"书似青山常叠乱，灯如红豆最相思"是清代名臣、学者纪昀的书房联。我的书桌也是"常叠乱"的。这并非有意攀比名人，而是想说明我这人比较懒，不善归整，有邋遢之嫌。没有考证，不知纪昀叠乱的缘由是否也肇因于此。但据说德国著名思想家、哲学家本雅明确是如此。他的书摆放得也永远是无序的、凌乱的，"堆叠散落，如野放的牛羊"。而他自己还有一套说辞，说是对书的解放，让书恢复自由。我不想为自己凌乱的书桌辩护。

　　但还是想检讨一番书桌叠乱的缘由。书桌叠乱并非读者本意，如果不是读书，何乱之有？那书桌上永远会是干净、整洁、有序的，如同对穿戴一丝不苟、十分讲究的人，永远西装革履，光鲜示人。桌的干净，倘是读后整理的结果，那这样的人，是读而有致的人，令人敬佩。如果是因为不读书而干净的，反倒不比读而叠乱的。好在我还不算垫底之人，知错自责中总算还保有一丝安慰。虽然朱熹讲："凡读书，须整顿几案，令洁净端正，将书册整齐顿放。正身体，对书册，详缓看字，仔细分明读之。"但我这人还是难从夫子之言，没办法，本性使然。

或曰：读书不能不把书桌搞得一塌糊涂吗？面对这个问题，我有些"歪理"要讲。读书或写书人的乱，实乃情非得已。清人毛奇龄言己"凡作诗文，必先罗书满前，考核精细，始伸纸疾书"。"罗书满前"，案几岂能不"叠乱"。换言之，当读者为研究问题或写文章需要而阅读的时候，必然会依着阅读者层出不穷的疑问或所写的不同的文章，形成不同的阅读组合和建构。不同的疑问或问题的解决，必然需要组合出不同的书群或搜索出同类的系列文章来读。同样依着写文章的需要，需要参考的内容，也不是一本两本书和杂志所能满足。于是，目光扫过书架上排列整齐的书脊上的书名，不停地抽取自己所需要的这本那本，书桌上的书刊便开始渐渐多起来、乱起来，像是一种无序的展览。而旧的文章去，新的文章来，写作的目的和需要变换了，参考的东西亦随之改变，阅读的书目就要更换、重组。于是，又一批书或杂志一本一本地被请上书桌，无序地、任意地摊在桌上，乱不忍睹。这就是乱的因由和逻辑，就像产品生产过程中的一道不可或缺的程序。只是勤快的人，乱后能及时"打扫战场"、收拾归整，使书桌重又整洁如初，不显乱象。而偷懒的人，则任其凌乱堆叠、随意铺展、不复收拾，如同小偷光顾过一样，怎一个"乱"字了得。

毫无疑问，写文章把书从书架上请下来，翻阅、查找、寻觅是人人得而为之的事，关键是用完之后怎么处置，那些讲究的人必是一本一本放回原处，让它们在书橱里整齐列阵，等待下回"检阅"；而不讲究的人，摞吧摞吧，随意一堆，让它们占领书桌的一角，这样无须多久那乱叠在一起的书刊便越堆越高。到了危如累卵的时候，就不再"高空作业"了，于是，又另起一堆。这样直到堆得只剩中间一处放笔记本电脑的空间。所以再大的桌子，对我这样的人来说，也是小的，也不够用。这样做的人也许都有一个心照不宣的理由，那就是二次再用的时候，就在手边，随手可取，拿起来方便。其实这又是懒人的一个自欺欺人的说法。你想，那么多书、杂志摞在一起，你还能分得清谁是谁吗？你还能找得到哪是哪吗？用时还不是要一本一本地翻，一摞一摞地找，比从书橱里拿更费事。

真不知什么时候能改掉这种坏毛病，让读书和写作能在更加有序、整洁的环境中进行。

书能香我亦须花

　　读到书法大家御云斋先生刘广迎写的书法条幅："茶亦醉人何必酒，书能香我不须花"，我心为所动。刘广迎师从文怀沙。文先生年轻时堪称酒仙，老来则为茶痴。尝云：酒能令人糊涂，茶能使人清醒。故而倡导少开酒楼而多设茶馆。此诗或为刘先生怀念恩师而作，末两句为"快意人生诗和友，而今但爱书与茶"。亦可归因自己与其师有共同的生活乐趣和嗜好而作。但我亦感到其把茶醉与酒醉对立，书香与花香取一的意念并无必要，故颠覆之，以"书能香我亦须花"为题撰文成篇。

　　我喜欢这则雅趣盈怀的条幅，尤其是"书能香我"的命题，把书的功能界定为"香我"的一种灵魂晕染，让生命活色生香，多么富有诗意的一种愿景或境界啊，令人神往和追怀！这也是我决意写这篇文章的直接动因。

　　书能"香我"吗？当然，这是不言而喻的。"香"在这里是动词，"使……香"之意。读书倘若没有这一功能，还有谁会去读书呢？"香"作为名词，可以是指人的品格、内涵、气质、卓见、智慧等。"书能香我"，就是使我在这些方面都能有所提升、进益和完善。具体说就是，使我心灵生香，思想生香，精神生香。

使心灵生香。读书，是给心灵着色染香的过程。通过读书，获取知识营养、文化内涵、文明基因。有这样的"书香"充盈于内，必然会使人的灵魂深处沁出书香雅韵。没有读书浸润的生命，是容易被风干和脆折的。因为它是空虚、荒凉和枯槁的。唯有读书能使人"以知润心、以德润身"，成为一个行止高雅的人，抵达心灵的远方。

使思想生香。思想生香，是指通过读书的启迪和滋养，产生了超越书本和当下的卓识、见解和创新。这样的思想是最宝贵的精神财富，是自我发展、成长和进步的精神台阶。这样的读书不仅表明你读出了意味、悟出了真谛，而且还表明你在读书过程中沉潜其中，深思萃取，抓住了书中的精华和精髓，形成了向着自我转化或转化为自我的一种向度，找到了超越文本的一种表达视角和展现契机。使人产生思想创生的喜悦和激奋，由内而外散逸出一种"香远益清"的思想的芬芳、精神的馥郁。这是一种真正的"玉成自我"的价值，是读书人所追求的"香我"之境。

使精神生香。思想是精神的内涵，精神是思想表现出来的一种气质、素养、修行等。人的精神是一个雕塑的过程，读书就是雕刀，它能帮助我们剔除心灵的杂质和瑕疵，让还不够完美的心灵的璞玉显示出"玉"的完美的本质。所以人的精神化妆或产生

"香我"的效应，其中最重要的还是须多读书，沐浴和沉潜书香中才得以诗意地栖居。人的生命有了书香的涵濡浸渍，才能使自身的精神质地更加高雅，生命更加光泽亮丽。远离浮躁、功利的村俗和浅薄，成就一种免俗超凡的华贵气质和精神品格，这些都是读书带给我们的修为提升和精神红利。

但我不太赞成"不须花"的取舍和抉择，两者并非矛盾的事物。为什么非要人为地把它对立起来二选一呢？花香与书香完全是可以互补出彩、相伴而生、相携共美的，同在岂不更好？看一看文学史上那些著名文人墨客与书、与花和谐共在的例子，似乎更能支撑我的观点。"众人皆醉我独醒"的屈原，"制芰荷以为衣兮，集芙蓉以为裳"，"夕餐秋菊之落英"。"采菊东篱下，悠然见南山"的陶渊明，植菊东篱，与菊共隐，同时又不改"好读书"的嗜好。宋代理学家周敦颐"予独爱莲之出淤泥而不染"，倾心的是其"花之君子"的品格。林逋种梅养鹤成癖，终身未娶，世称"梅妻鹤子"，更是传为佳话。还有李清照"知否、知否，应是绿肥红瘦"，爱花、惜花之情，溢于言表。唐代大诗人李白，除了经常闹出"醉卧花丛"的行状，还有"花间一壶酒"的佳句，把品酒与赏花两件美事联系起来。白居易也是在"春江花朝秋月夜"这样的良辰美景"取酒还独倾"。爱花作为一种高雅的审美活动，与读书这一旨在提升人的精神修为的活动具有内在一致性，它们相偕而美、相映成趣，共同指向完善人的品格，启迪人生思考，滋养人的心灵的精神修炼的目标。

174

和读书"死磕"

"死磕",据说是京津一带的方言。意思就是和对手拼命,就是没完,和某人某事作对到底的意思。显然这是一个有张力、活力的词,其表现力和"掰扯""嘚瑟""捯饬"等有一拼。

但生活中有些人和事绝不提倡死磕。路怒族和对方死磕,除了危险,不知还能"磕"出个什么名堂。夫妻之间斗气死磕,非争出个谁胜谁负,又有多大必要。还有有病不治,硬扛死磕;工作太累,过劳死磕等,这些极端化的行为,并不能体现当事人的坚韧执着,只能表现出其"不撞南墙不回头"的愚蠢。

与书死磕,是个例外。它充满"正能量",没有上面所说的那些负面作用。天下有那么多的书,管你磕个够。正如明人陈继儒所云:"天下之事,利害常相半,有全利,而无小害者,惟书。不问贵贱贫富老少,观书一卷则有一卷之益,观书一日则有一日之益,故有全利而无少害也。"再则,中国是个有悠久历史文明的国家,自古就有与书死磕的人。"夫周公上圣,而日读百篇;

仲尼天纵，而韦编三绝；墨翟大贤，载文盈车；仲舒命世，不窥园门。"还有司马光学习宋朝前史，编纂《资治通鉴》，隐居洛阳独乐园19年；王夫之遍治群典，著作等身，隐居衡阳石船山下，长达32年。这些和书死磕的人成就了盛德大业，流芳千古。

所以我们完全有理由倡导和读书死磕。读书是指向人的内心的一种私人性的精神活动，它是一种从书面语言中获取意义的心理过程，是一种"独乐乐"的自我完善、自我享受的过程。它并不影响和干预别人的活动。因而与它死磕不会起纷争、冲突，也不会有凶险祸端。再从书的角度看，书是人的精神密友、生命知己。它"利人而不争"，相反，它带领人类走向智慧和文明，使人获取信息、占有知识；使人开发智力、激发潜能；使人拓展思维、开阔眼界；使人陶冶情操、修身养性。所以我们没理由不与书过从甚密，热爱读书。

然而，当下人们读书却缺少"死磕"精神。他们并不是把读书看成人的精神成长的过程，看成非物质文化的理性"喂养"过程。他们喜欢把深刻的理性阅读变成浅俗的文字游戏，把生成思想的洗礼变成视听的文化快餐，把认知的知识建构变成无聊的娱乐消遣。读书被换成了读网、读图、读屏等轻松的浅阅读，"去思想化"的流行阅读。他们不喜欢古人读书那种死磕苦读的精神，认为那是一种过气的东西，是过时了的表现。其实读书本来就是一种艰苦的脑力劳动，是"苦差事"，你非要把它当成"甜点"来吃，或想轻松拿下，实在是对读书的一种误解。还不仅此，当浅薄、浮躁、喧嚣、逐利成为一种社会时尚，读书更是被挤对成一种"边缘化"的存在，即便要人们读书都成为一种难能的奢求，更别说还要求人们死磕读书。

而这正是我们想要人们死磕读书的最大理由，是对读书的一种理性回归和精神修复。死磕读书的内涵特点在于：

一、死磕读书是读书的一种精神。这种精神源自读书人发自内心的对读书的热爱和敬畏，它是读书人感悟读书、感恩读书的一种最好的回馈方式，彰显的是一种"攻书莫畏难"的真心向学的勇毅和永不言弃生命的拥抱。读书人有了这种敬畏、感恩之心，就会与书结下生死相许的不解之缘，死磕读书、用书香濡染自己的一生。

二、死磕读书是读书的一种坚守。死磕读书是一种执着，读书是人一辈子的事，需要久久为功的坚守。它不是潮涨潮落的起伏，也不是三分钟热度，这种"短期行为"的读书是不会有成效的。死磕的读书比的是长劲、韧性。像康德那样一辈子浸泡在书房，像马克思那样40年完成《资本论》，这些都是死磕读书、坚守读书的典范。

三、死磕读书是读书的一种境界。死磕读书是读书人与书融为一体的境界，是水和泥，你中有我、我中有你的浑成。它是读书人放不下、丢不开、忘不掉的一种牵系，是挥之不去、拂之还来的一种眷顾，是"才下眉头、却上心头"的一种情结。人读书倘若达到了这样一种境界，就进到了一种自觉的大境界，它既是

177

人的幸福，也是书的荣幸。

值得赘言的是，我们倡导的死磕读书，是在符合度的范围内的、有分寸的死磕。它不是古人宣扬的那种"头悬梁、锥刺股"，违反人的生理规律、不顾健康的玩命死磕。也不是在遇到理解障碍、不懂"死穴"时，非要死磕硬上，必须拿下。听一听陆九渊的"读书不必穷索，平易读之，识其可识者，久将自明，毋耻不知"的宽仁忠告，学一学陶渊明"好读书，不求甚解"的阅读智慧，暂时放下，退而思之，也许是明智的选择。这些都并不违反死磕精神，恰恰是对这一精神的智慧把持，灵活运用。

读万卷书，还是行万里路

　　读万卷书，行万里路，是人们耳熟能详的一句老话，也是人生的一种境界。历史上，读万卷书、行万里路的典范就有司马迁、徐霞客。司马迁从22岁开始全国漫游，了解风俗，采集传闻，"搜集遗闻古事，网罗放失旧闻"。50岁开始发愤著书，写作《史记》，完成了"究天人之际，通古今之变，成一家之言"的皇皇巨著。《史记》被鲁迅誉为"史家之绝唱，无韵之离骚"。明代旅行家、文学家徐霞客，一生志在四方，足迹遍及今21省、市、自治区，历经30年的考察，写成60万字的地理名著《徐霞客游记》，被称为"千古奇人"。

　　读万卷书、行万里路，从语法和逻辑关系上看，人们一般认为是并列关系；从功能关系上看，是互补关系。本文却将其设定为选择关系。但即便是选择关系，也是一种相容选择关系。一般来说，上乘的是两者都选，而又能实现。南怀瑾说，光读书读多了，不是学问，是书呆子，没有用。还要行万里路，观察多了，才是学问。此言意在劝诫人们做学问要读万卷书、行万里路，二者是并行不悖，是互补相成的。朱永新说，人类有两种风景：自然风景和精神风景。"行万里路"，是为了看自然风景；"读万卷书"，是为了看精神风景。显然，倘若能两种风景都尽收眼底，必能助益人的眼界、胸襟、历练、修为达到上善与高境，求之不得。但问题在于，读万卷书与行万里路，虽然理论上是不冲突、不矛盾的，但现实中受制于精力、时间、财力等要素的制约，往往并不能如愿遂行，人经常要面对鱼与熊掌不可兼得的尴尬。我们的文章就是在这种二者必具其一逻辑选择前提下的比较与考量。

我的基本观点是，当读万卷书、行万里路只能二择其一时，我倾向于选择前者，理由如下。

第一，从人类致知方式的重点看，人类的致知方式有两种。一是直接经验，二是间接经验。直接经验只占20%，间接经验则为80%。间接经验就是读书。读书是人学习的主渠道和最佳方式。人类最重要的知识、最伟大的智慧、最伟大的思想，深藏在那些最伟大的书籍之中。因此，知识就是力量，意味着书籍拥有力量，可以通过读书获得这种力量，并将其植入心灵。读书实际就是生命的旅游，精神的旅行。人类通过"读万卷书"，可以最大程度地用人类创造的文明成果武装自己、精神食粮喂养自己，从而使自己成为知识富有、底蕴丰厚、思想精深、智慧超卓的人。

第二，从行万里路的条件制约看，行万里路是要有经济基础支撑的。外出周游、践行考察，看中国、看世界，吃、住、行、看、游都是要撒钱的，且不是小钱。如果物质条件跟不上、经济基础薄弱，即便你有"世界这么大、我想去看看"的心，也只能是想想而已。囊中羞涩的尴尬、捉襟见肘的拮据制约着你"行万里路"的宏大理想。退一步说，即便你有一定的物质基础，也不一定有那么多的闲暇时光供你漫游。你还有工作羁绊，你还有职业担当，你还有家庭负累，等等。你可能经常忙得不可开交、不胜其烦，又怎么有时间挥洒旅途、寄情山水呢？所以行万里路，对大多数人而言，真的可能只是一种奢望或空想而已。

第三，从知行成本效益看。成本原是商品经济学概念，宽泛的释义为在特定的活动中，人们为实现一定的目的而付出的经济代价或资源多寡。由上述可知，对于大多数人的经济能力而言，行万里路是一种高成本的致知活动。相应地，读万卷书的成本就低得多，是绝大多数人能够承受的一种较为经济的人类精神活动。书几十元不等，这样的成本是普遍可接受和承受的。而且国人都有一种读书致知、改变命运的情结，即便是最底层的"草根"也懂得"诗书传家远"的道理。人们即便倾其所有，也会尽量满足孩子读书的心愿。更不必说那些衣食无忧、吃穿不愁的家庭，更是在读书上不吝投资。

由此可见，读万卷书、行万里路，若能两全其美，当然最好；若不能，就应首选读万卷书，这应当是面临知与行两难选择时的上乘之策。

沙里淘金与点石成金

读书是沙里淘金的过程。海量的图书是"沙",然而如恒河沙数的书中难免鱼龙混杂、良莠同在。"金"是什么？是指书籍里精彩、精辟、精湛、精粹的思想和观点。在众多图书中，"金"是稀缺的、罕有的，是藏身于海量信息之中的，这就需要"淘"。像淘金人那样付出"千淘万漉"的辛苦，方能"吹尽狂沙始到金"，在书中找到有用、有价值的东西。

沙里淘金，关键是要对所读之书精心筛选。刘文典说过，读书宁吃鲜桃一口，不吃烂杏一筐。当下有很多平庸的书，根本不具备"鲜桃"的品质。读这样的书，浪费时间、徒耗心神，根本不可能淘到什么金。余秋雨说，一个人的阅读量不用太多。不盲目看很多书的人才是聪明人，才是优秀的读书人。"不盲目看很多书"就是要精选书，进而实现高阶的阅读。这样的筛选方式才容易品尝到"鲜桃"。筛选之后的阅读，才容易领略读书的真谛。在这个意义上，盲目地强调"开卷有益"，是值得人们深思慎取的。沙里淘金还要慧眼识"金"。因为即便你看的是精选的书，如果没有"眼力见"，目不识"金"也是白搭。一方面，书本信息本身不会告诉你哪是"真金"，哪是"废铜"；另一方面，"真金"与否因人而异，还是要靠阅读者本人辨识甄选。阅读者要根据自己的阅读需要，找寻那些能与自己的思想发生共振，能够给予自己有益启悟的书籍。也可以是一照面就使自己欣喜、感奋，甚至"一惊之下、不忍弃去"的东西。抓住并记下这些让人倾心或惊艳的地方，然后深思迁移、联想生发，转换成自己的东西，才真正体现了阅读的效果。

点石成金。我们通过读书"淘"到了罕有的"金"，虽难能可贵，但"金"是别人的，与你隔了一层。换喻之，你阅读的东西如果不经转化，就像一条没有经过经纬织造的知识的线，它是游离于布之外的，没有融入你自己思想的"布"。这样的"金"其实与"石"无异。所以，读书需要进行内化，必须找到契合自己的创新点、感悟点，用自己的价值观和方法论进行重构和再造，使之转化成自己的思想，融入自己的生命和血肉，这样效果才能出来。亚里士多德说，笛子存在的意义就是完美地被吹奏。读书存在的意义是要读出自己的东西。所以"淘金"之后，还要会"点金"，点金的关键在于要有会写的"金手指"。会写，一要有抓创意、生灵感的能力。周国平说，我爱自己的体悟远甚于从别人那里得来的知识。写作是迎接灵感的仪式。若找不到灵感、顿悟和创意，就会有不知道写什么的茫然，更遑论"点石成金"。

二要有会写的能力。否则即便有了好的创意点和触发点，也会因写作能力跟不上而"胎死腹中"。写作能力是靠多写练就的一种本领和能耐。刘勰说，"操千曲而后晓声，观千剑而后识器"。写作则是"写千文而后能为"的一种历练和成长。常写就会发现：写着写着，自己的写作由艰涩而顺畅，由蹩脚而出彩，由痛苦而快乐。你会感到自己的眼光变得灵动而老辣，思想变得深刻而有创意，语言变得清新而俊逸。这时你就达到了有能力没约束，自由表达、点石成金的境界。

书香润生

书香是指油墨的清香吗？这恐怕只是形式化的浅表性的解读。书香的本质应该是源于它的内涵，源于深刻的思想、精警的内涵、纯美的情感和睿智的表达。深刻的思想启迪我们的智慧，精警的内涵赋予我们洞见，纯美的情感陶冶我们的性灵，睿智的表达温润我们的生命。这些带给我们实益和悟识的东西才是浸润我们生命的意蕊馨香，是构成书香的核心价值，也是我们读书、爱书的真正理由。

书香源自心灵馨香的相互濡染。书香不同于自然界的奇花异卉之香、化妆品中的妆容扮美之香。如果说这些是外在于人的芳香，那书香则是生命沁出的芬芳。一方面，创造书香的人，必是高雅智慧之人，是用心血和精诚打造意蕊馨香的人。另一方面，品味书香的人，必是真心向学的人，他们攀登书山，泛舟学海，汲取知识的营养，吮吸思想的乳汁，沉浸馥郁，含英咀华，执意用书香将自己锻造成有境界、有格调的人。

书香来自深刻精警思想内化建构。书是社会文明的砖瓦，是人类精神的阳光。它是铸造灵魂的工具，是启迪智慧的钥匙，是传承文明的桥梁。读书是人生最美的主旨。高尔基说，读书是与古今中外一切伟大思想相结合的过程。歌德说，读一本好书就是和许多高尚的人谈话。沉潜在书香的氛围中，我们视通万里，思接千载，与智者交谈，和伟人对话，为缜密的逻辑、深奥的思想所折服，被崇高的境界、伟大的灵魂所震撼，它使我们思想澄明、视界敞亮，成为富有思想和智慧的人。

书香源自精美雅丽语言的审美陶冶。语言是书香的凭借和手段，能够称得上书香的文本，必是语言精工、优美怡人的作品。阅读这样的文字，犹如聆听古筝奏雅、清笛传韵，纯美、优雅、绵长。一丝丝，一缕缕，沁人心脾，润物无声；一字字，一句句，撞击心灵，陶冶情性。正所谓"眼前直下三千字，胸次全无一点尘"。可以说语言书香带给人的审美陶冶、精神洗礼、思想沁润，心灵荡涤、人格升华是高于丝竹管弦的空灵之效的。它是超越时空并反复作用于人的审美理解和感悟的过程。

人是世界上唯一具有第二信号系统、能够与语言文字结缘的动物。人与书关系的系结，是人的最本质关系，也是最美好关系的体现。人的生命是需要滋养和浸润的，不仅需要食物的营养赋予生命以能量和活力，更需要书香滋养人的精神和灵魂。人来到这个世界上，能用书香浸润和温暖生命是一大幸事。尤其是对那些愿意并能够享受书香沁润的人更是如此。因为书香和人生的馥郁之间存在着一条隐秘的连线，它可以转化为生命的馨香。

第一，书香润生可以使人摆脱世俗的缠绕，远离粗鄙的习性。书香是人精神的修炼，林语堂认为书可以使人开茅塞、除鄙见、得新知、增学问、广见识、养性灵。这就是滋养之功、润身之效。

第二，书香润生决定着一个人所能达及的精神高度。人的肉体生命、身体状况是由物质的东西养护的。而精神高度、思想深度等则是由书的"精神喂养"决定的。书作用于人的思想和灵魂，赋予人诗与远方的视界，一个书香润生的人，因其内涵充盈，必定是行止高雅、修为文明、令人敬重的人，往往能达到自身发展所能企及的应然高度，而不留遗憾和愧悔。

第三，书香润生还决定着生命的发展与进步。人活着不是苟延生命、碌碌无为，而是要活出生命的精彩与境界。王小波说，一个人只拥有此生此世是不够的，他还应该拥有诗意的世界。达及这样的生命标高，没有书的援手和铺垫，是不可想象的。有一种观点或可证此不诬：使人沦为平庸的最好方法，就是剥夺他与书的亲密过从，而使他陷入琐碎世俗的生命状态；或者是你主动放弃与书的相拥相恋，而被眼前淹没。人只有终身与书相伴、终身学习，才能不断进步、终身发展，正所谓"俯仰终宇宙，不乐复何如"。

书香永恒

　　香是诉诸人的嗅觉系统的自然存在物，它是为人喜爱的美好事物。茉莉的清香、米兰的幽香、蜡梅的寒香、桂花的芬香，那种沁人心脾的穿透，那种芬芳馥郁的诱惑，没有谁能抵挡和抗拒。你所能做的除了贪婪吮吸，享受香氛的醒神润心，剩下的就只能是由衷赞美！

　　花香是自然界赐予人的恩惠，当我在人行道上行走，闻着香樟树氤氲的幽香，感叹着留芳于人的自然的、生态化的生命美好，生活如香！假想这世界如果少了花香，剥离人拥香而美的机会，该是多么的单调和煞风景。

　　我崇拜和倾心花香，但我更追崇世间另外一种更美好、更独特的卓异之香，甘愿领受它芬芳的沐浴、醉心的洗礼，这就是书香。当在图书馆看到学子静读的群像，或在公交站台看到候车人捧读的身影，这时我总会有一种于心别样的触动和思悟。这汲取书香的最美景致就是书香绽放的最美瞬间，它是高于和美于花香的一种更高大上的心灵之香、智慧之香、永恒之香。

书香是一种心灵之香。正如草木之花的花香是由植物本体提供营养而生成的，书是承载人心灵之花绽放的载体，它所赋予人的是一种无可比拟的永恒之香。书香的实现是人通过读书使心灵染香的过程，是人通过读书转化而来的一种内在的精神之香、灵魂之香。人通过读书，汲取知识营养、文化内涵、文明基因，使书香充盈于内，必然会使自己的灵魂沁润书香雅韵，成为心灵生香的人。

书香是一种精神之香。花香是一种由外而内的吮吸享受，书香是一种由内而外的释放和展现。书读多了，必然表现出一种不同于其他人的气质、品格、素养、修行以及卓见、智慧。那种书卷气、儒雅范、气质感会藏掖不住地溢于外、形于色、现于行，这就是人生命的精神之香赋予人的内在改变和外在形塑。精神生香的要义和真谛在于多读书，人只有沐浴和沉潜书香，在书香里诗意地栖居，才能使自己的精神质地更加高雅、生命更加光泽亮丽、识见更加广博深刻、心胸更加开阔辽远。

比之自然界的花香，书香是永恒的。自然界的花香虽美人醉心，但它是由时令花期决定的时段性的、轮回性的。"好一朵美丽的茉莉花"开在5—8月，桂花开在金秋的9—10月，蜡梅拼却一年的生长蓄能，开在苦寒的冬天。它们启迪人们，生命的美好与精彩总是短暂的且须付出全部来换。书香不是这种轮回交替、周期归零的，它是积淀性的、叠加式的。你的每一次阅读都将构成心香绽放的铺垫，都将铸就书香永恒的华彩与高光，如老酒陈酿会变得愈加醇厚、历久弥香。这就是书香与花香的本质区别，不仅时间上具有"保质期"，而且效能上具有"迭代升值"性，是人一生最值得投注和锁定的永恒追求。

　　花香醉人，书香永恒。醉人是一过性的、短暂的，而书香则是永恒的、久远的。即便人生谢幕，书香也能留传于世，也能保有"香远益清"的思想芬芳和精神馥郁。

教育的真谛：教会读书

真谛，即真实的意义和道理，"真实不妄之理"。教育的真谛是什么呢？联合国教科文组织1986年提出的教育的四大支柱，亦可解读为四大目标是"学会生存，学会生活，学会做人，学会学习"。"四个学会"诚然可以作为教育的真谛，它是全面的、宏观的、整体的。但对学校教育而言，我们也不必过于放大它的价值功能，比如学校教育可以有教学生"学会生存，学会生活"的意识，但不必把什么都扛着，以为学校教育无所不能，以致落入不能承受之重的陷阱。我们认为学校教育最基本的价值功能就是教会学生读书。

为何要教会学生读书？

第一，从文化传统看。我国古来就有"耕读传家远，诗书继世长"的传统。"耕"，勤劳立世、谋身；"读"，读书致知，改变命运。可以说，读书是中华民族延传不已、融入血脉的诉求。后来有了学校，学校就是教人读书的地方。只不过是以规模化、集成化的方式来实施的。这样的传统本应该是加以弘扬的，而我们现在许多学校为应试教育所绑架，已背离了教人读书的职能与宗旨，致使孩子阅读的功能基本上被废掉了。

第二，从教会读书的价值看。教会读书是工具层面的存在，教给学生知识则是静态被动的存储。前者是古人所讲的授之以"渔"，后者是授之以"鱼"。如果在校学习，只学到了一点死的知识，而没有掌握自己读书的方法，用处是不大的。尤其是在这样一个"迅变"的时代，知识是发展变化的，陈旧周期越来越短，学生没有学会读书是要被淘汰的，是难以适应社会发展和生存竞争的。

第三，从教育的本质看。联合国教科文组织核心观点是"学会学习"。海德格尔认为，教育是"让学习"，即让学生学会学习。而教会读书是学会学习的主渠道。因为人80%的知识都是通过读书学习间接获得的。如果学生没有读书的方法和习惯，80%的知识学习的能力就会十分贫弱，获取的知识也将大为缩水。不仅如此，一个不会学习和读书的人，仅凭在校获取的那点知识来应对一生，必然是捉襟见肘的。

第四，从眼下存在的教育问题看。当下的教育最大的弊端就是"去读书化"，学生表面是去学校学习读书，其实并不是真正的读书。特级教师吴非撰文指出，我们的孩子从小到大读了许多课本，却没有读书。为了应试，为了分数，学校将学生捆缚在课本之上，博傻拼二。北京大学钱理群教授说，我们现在教育最大的问题，就是大家都不读书，教师不读书，学生也不读书。学生看的是一本一本的习题集，教师看的是教材和教参，就是不看书。更有甚者，有应试疯狂的学校竟荒唐到不准学生带课外书进校的地步。不准带课外书，既不是所带的书的内容有问题，也不是学生上课看课外书，而是学校规定学生不准看小说，教科书以外的书都不准看。真是滑天下之大稽。有一阵子媒体曾讨论过学生毕业撕书的问题。学生为什么撕书？那是因为他们知道这些书根本没有重温的价值，它们并不能把人带向诗和远方，所以也就失去了对书应有的尊重。这就是"去读书化"教育带给我们的严重的负面警讯。

如何教会读书？

一、教师要爱读书。所谓学高为师，教师是学生的榜样，教师爱读书、会读书非常重要，这是前提性存在。教师爱读书，对读书有感情、有感悟、有方法才能影响并教会学生读书。很难想象一个除了上几节课就整天打麻将、不读书的教师能教出爱读书的学生。所以，钱理群教授认为，教育就是爱读书的校长和爱读书的教师，带领着学生一起读书。对此，我深以为然。一个有"爱读书的校长和爱读书的教师"的学校是学生的幸运。在这样的书香环境熏染下，带着学生一起读书，学会读书，是教育功能的最大实现。因为学会读书是学生最大的才能，能够帮助他们应对一切的本领。人生的智慧、发展的能力都蕴藏读书之中。书是取之不尽、用之不竭的源泉，读书是教师应当教给学生的最根本

193

的人生财富。

二、教育回归读书。教育回归读书最重要的是要培养学生的读书能力，让学生与书结缘，会读书、爱读书、乐读书，将读书作为一种生存方式和终身爱好。一个学校的教育如果能为学生的在校学习期间打下这样精神的底子，并最终成为这样的人，那将是学校教育最大的成功，是学生也是国家育人的最大的福祉，更是真正回归教育本真的教育。按照钱理群教授的观点，实施这样的教育有三条必须谨记：一是培养学生读书的兴趣，二是教给学生读书的方法，三是培养学生读书的习惯。做到这三条，学生就会一辈子读书，受益无穷。培养兴趣是教会读书教育的第一步，让学生感受读书之乐、读书之用、读书之效，才能建立起兴趣。教给方法是教会读书教育的第二步。有兴趣、没方法，则兴趣难以为继，也无法深化。反之，有方法或指导有方，即便原本无兴趣，也会因读书得法见效而爱上读书，并乐此不疲。足见方法指导的重要。第三步，养成读书习惯，是教会读书的最高境界，它使学生受益终身。

三、教会学生久读。真正的教育是教会学生久读的教育。久读，即终身学习、终身读书，从摇篮到坟墓都终身不辍。这也是回归读书教育强调的第三步——养成习惯的意思。刘彭芝校长说过，一个人成就一番事业，就好比盖一栋房子，在学校里学到的知识只够他砌一个墙角，如果不自学，如果不继续学习，如果不终身学习，那么他一辈子只能砌墙角。就是说，一个人在学校里短短几年读的那些书，对其发展成长而言是远远不够的。读书不是一蹴而就的事，而是久久为之的建构。读书不应只是手段和工具，如果一个人仅仅为谋职、考试、升迁等而读书，那算不上真正的读书。真正的读书是以读书本身为目的的自觉的而不是强迫的读书。教育只有培养出这样的读书人，才是教育的骄傲、学校的骄傲，才是读书的高境。

读书与致用

　　读书与致用是一个传统话题。关于"致用",很多大哲人都有过经典论述。《元史·良吏传》有云:"读书务明理以致用。"明代著名思想家王阳明也说过,知是行之始,行是知之成。知是行的主意,行是知的功夫。毛泽东也有相关的表述,读书是学习,使用也是学习,而且是更重要的学习。读书的目的全在于运用。杨绛曾说,读书的意义大概就是用生活所感去读书,用读书所得去生活。这些论述都是先人总结而后人需要谨记的经验之谈、卓异之见。

　　读书与致用是手段与目的关系。读书是手段性存在,它是服务于致用,并以致用为旨归的。致用是目的性存在,读书的目的按古人说是"经世致用""兼善天下"。人们经常诟病的"百无一用是书生",说的就是读书却不能致用的人。读书与致用是铺垫与发展的关系。读书是人的知识、学识的积累和人生的铺垫,是一种为着"诗和远方"发展的精神性建构。致用是为着做出实绩和成就的发展与出彩的考量和归宿。简言之，读书是精神建构，致用是建功立业，读书与致用是循环互构的关系。读书与致用是辩证统一的关系，读书是为了致用，读的作用体现在用的效果上，用的效果依靠读的支撑。同时，致用可以促进人更好地读书。学以致用，才不枉学，反促于学，二者形成良性循环。

读书与致用有四种组合关系或结构模式，不可不察。即读而不用，读而能用，不读想用，不读不用。每一种组合模式都对应着不同的人群，也体现着不同的价值效应，真正的读书人应当选择最优化的结构模式，来提升自己读书的效果，达成自己致用的目的。

读而不用，"硬盘派"。读而不能用和读用"两张皮"是读书人最大的缺憾所在。这样的人也许读了很多书，但转化不成自己的思想和智慧，成了存储知识的"硬盘"，只能被人撑成读死书、死读书的"书呆子"。知识不能运用，派不上用场，只能成为炫耀卖弄、武装嘴巴的谈资。这样的人如果再自恃清高、自以为是，就更不受人待见了。梁漱溟说过，真学问的人，学问完全可以归自己运用。假学问的人，学问在他手里完全不会用。英国有个"学者"，他一生的唯一嗜好就是读书，家中藏书18万册，终身勤奋攻读。不少书都能背下来，可以称得上是知识渊博、学富五车之人。可是直到他68岁生命结束时，一篇论文也没留下，也没有提出任何有创造性的见解。这就是不会用书而导致的"硬盘派"的悲剧。

读而能用，成功派。读而能用是成功的读书人。颜习斋说过，读得书来，口会说，笔会做，都不济事，须是身上行出，才算学问。否则只知不行是虚知，只行不知是妄行。读而能用的人，是把别人的思想转化成自己思想的人。乌申斯基指出，读书就是从死的文字中引出活的思想来。这个"活的思想"，是读书人从书中感悟、提取的思想，是转化、引申、升华的思想，是属于自己的思想。书读多了，人的眼界、见识、思想、胸襟、格局就高了，看问题，见解独到；想问题，预判前瞻；解决问题，应之上策。书的营养就转化成了人铺陈丰厚的精神底蕴、练达洞明的实践智慧。这样的读书是最优化的读书。

不读想用，空想派。这样的人，现实中不在少数。他们不读书、不学习，却整天幻想收获；不努力、不付出，却一味玄想成功。好比不问稼穑耕耘，却指望五谷丰登；不愿积累聚材，却期盼科研成功。这样的人是一群活在自己虚构梦境里的人，是活在枉自空想中的人。读书不多而想得太多，又或努力不够而欲望太多。他们临渊羡鱼，却不愿退而结网；坐而冥想，而不思起而躬行。这是一批需要击一猛掌、批判唤醒的人。幸而他们虽然不读，却还有"想用"的念想，还有救，只要能激活他们读，或是让他们品尝体会到读的好处与作用，就有可能变不读为读，产生根本性蜕变。

不读不用，废柴派。他们是一群没有进取心、上进心而自甘平庸的人，是生命完全坍塌和沦陷的人。好比湿木，它们的一生都难逃只能冒烟而无法点燃的宿命。所谓"朽木不可雕也，粪土之墙不可圬也"。阎连科曾说，最大的黑暗是人们对黑暗的适应，最可怕的黑暗是人们在黑暗中对光明的冷漠和淡忘。自助者天助之、自弃者天弃之，自己都放弃自己的人，上帝也爱莫能助。这就是这类人最可悲之处。

读书的力量

　　培根说，知识就是力量。读书是对知识的获取，所以，读书亦是汲取力量的过程。力量是力气和能量之意。它是人改造和驾驭自然的能力的体现，是人的本质力量的外在彰显。人还有由心能构成的内在力量，信念的坚定、意志的坚毅、精神的顽强都是人的力量的体现。读书的力量主要表现为知识的力量、精神的力量、智慧的力量、实践的力量。

　　一、读书的力量是知识的力量。知识是人类建构的得到精心阐释的思想和逻辑相结合的精神产物，它是只有人类能够把握和解读的第二信号系统，是符号化的理论体系。人们学习和掌握知识就会有力量在于知识可以开阔人的视野和眼界。知识还能改变人的认知。没读书前，你是一只井蛙，视野狭小，只能看到头顶的那片天；读书以后，你可能会蜕变为一只苍鹰，君临天下，视野无极限，眼界无限圃。通过读书获得一种高屋建瓴的视野和俯仰整个宇宙的眼界。知识的力量还在于赋予人以高阶价值。人们

200

读书的目的，很大程度上是改变自己的社会地位和层级，获得做人的尊严与自由，彰显自我的价值。一个不读书的人，在知识社会是被人看不起的。而有知识并为社会做出贡献的人，会被认可为社会精英。他们受到人们的普遍尊重，这也是知识的力量和价值的体现。

二、读书的力量是精神的力量。与改造自然的物质力量和肌肉所赋予人的体能力量相比，知识是精神的力量。巴尔扎克指出，知识是人类精神的阳光。读书可以帮助人获得这种精神的力量。如果说物质的力量是"筋骨肉"，是关涉实体层面的形下的力量，那么，精神的力量就是"精气神"，是超越实体和感性的理性的力量。精神的力量是文化化人而产生的德行的力量。德行的力量是知识力量的一种向善的深化和升华。这种力量是人的精神修行带来的文明的力量、臻善的力量。这种力量可以兑换成人们对德行主体的信任、钦服、崇敬，极大地提升你的人格魅力，使你变得更有亲和力、影响力。精神的力量还在于，它能优化人的思维品质。精神的力量是一种思维的力量，知识本身就是思维的产物，因而读书实际上是训练人的思维的过程，它能优化人的思维品质。思维当然源于人们对现实的思考，但思维能力的提升与人通过阅读进行理解思考的训练密不可分。在阅读中，人的理解认知能力、逻辑思维能力、概括思维能力、理性思维能力都将接受考验、挑战和提升。通过阅读，人的思维能力不断上台阶，极大地提升人的思维品质和思想的力量。

三、读书的力量是智慧的力量。智慧是知识的融会贯通而产生的理解事物和解决问题的能力和本领。它是我们能否处理好与世界关系和超越人生局限与误区的关键。知识是生成智慧的基础，智慧是运用知识的升华。智慧的力量在于能帮助人做出正确的选择决断。法国启蒙思想家、哲学家爱尔维修认为，世界上没有比智慧更令人敬仰的东西了。智慧是哲学层面的东西。它是知识向心灵转化而产生的审视事物的一种睿智，能助益我们正确理解、判断事物，适恰地应对、解决和处置问题，不为乱象所迷，困局所惑，是非所扰，始终胸有成竹、镇定自若，审时度势、应付裕如。智慧的力量还在于，它能让人拥有处理问题的正确方法。黑格尔说，方法是任何事物所不能抗拒的、最高的、无限的力量。有智慧的人，面对复杂的困局总能找到解决问题突破的方法或最佳路径，取得事半功倍的成效。这就是智慧的效用和能量。

四、读书的力量是实践的力量。实践的力量是人们运用知识改造世界的力量，是将知识"对象化"的力量。一般而言，纯粹的知识如果不能外化运用，是不具备实践的力量的。明末思想家、教育家颜元主张"实学""习行""致用"，认为"读得书来，口会说，笔会做，都不济事，须是身上行出，方是学问"。"身上行出"就是实践的力量。读书的力量转化为实践的力量，才是遂行落地、绝知此事的读书，才是实现读书目标的读书。

读书的三重追求

　　追求是人意欲确立和实现的东西，是目标层面的存在。那么读书的追求是什么呢？这是一个见仁见智的命题。江苏省特级教师吴非从读书的效用功能角度将读书的追求概括为三重境界：一为读知识，长学问，从而高雅；二为读智慧，把知识变为觉悟、动力、谋略；三为读人品，就是古人所说的修身养性。笔者也曾撰文将读书的追求概括为"四个"过程，即读书是求"道"铸魂的过程，读书是追"远"立根的过程，读书是见"贤"思齐的过程，读书是创"新"超越的过程。马未都认为读书有"三重追求"，即一重是趋利，二重是趋名，三重是趋静。我深以为然。

　　趋利。读书的趋利追求是最原初、最直接的追求，尤其是当人们的物质生活还很匮乏时更是如此。吕不韦的《吕览博志》中载："宁越，中牟之鄙人也，苦耕稼之劳。谓其友曰：'何为而可以免此苦也？'其友曰：'莫如学。'"宋真宗赵恒以诗劝读，更是将趋利追求推向新高："富家不用买良田，书中自有千钟粟。

安居不用架高堂，书中自有黄金屋。娶妻莫恨无良媒，书中自有颜如玉。出门莫恨无人随，书中车马多如簇。男儿欲遂平生志，六经勤向窗前读。"趋利读书观，虽格调不高，但并无不妥。符合恩格斯"人首先必须吃喝穿住，然后才能从事政治、科学、艺术、宗教等"的唯物史观，也与人摆脱贫困、向往富裕的愿望相契合，至今仍然是很多人读书最直接、最深层的原动力。尤其是它在历史上产生的励读劝学和在推进中国文化发展进程中的影响和效应更是不可低估。

趋名。我们强调趋利读书追求的无可厚非，并不代表它是高层级的、无局限的。而当这一满足实现后，就会进到更高一级的趋名的追求。名的释义是人或事物的称谓或称号。读书趋名则是指人通过读书博取的名声、名誉、名望等。读书为何要趋名呢？第一，马克思说："人是社会关系的总和。"存在于社会上的人，按照马斯洛的需求层次理论的观点，是有归属和成就的需要的，而这就是为了追名。第二，人不仅有温饱的物质需求，还要有发展的精神需求。仅有物质需求是不够的，人还需要知性之魅、心灵之光、智慧之神的眷顾，趋名较之于趋利就是这样具有精神属性的追求。第三，趋名的重要还在于它有利他属性。名不是凭空而来的。你总要做出成绩，做于他人有益的事。这样别人才能认可你、肯定你，甚或敬重你、推崇你，赋予你相应的名。读书追名的路径，古人早就设定了扬名立万"三不朽"的目标，即立德、立功、立言。立德，品行高洁，行为世范，堪为楷模；立

204

功，事业有成，立业建功，世人景仰；立言，著书立说，有思想延传于世，行之久远。此三者，均为趋名之大端，建树之高境，但离开了读书修行的底蕴和支撑，一切都将流于虚妄和空谈。

趋静。读书趋静的追求无疑是一种最高的追求。静，看似无为，只是人生的一种状态，哲学的一个范畴，但它却是生命的常态。读书趋静之所以重要，在于它是生命常态的一种复归。读书是抵拒浮躁、医愚医俗的不二选择。常读书可以使人沉淀浮躁，可让人生静美。读书是对生命的领悟和塑造。尤其是当我们静心深读时，意义的浮现与捕捉，理解的深刻与自洽，营养的吸收与滋补，都达到了最佳领悟状态。通过读书，人获得了启悟、裨益和再造。读书使人内在充盈而富有智慧。古人说，静能生慧。苏轼诗云："静故了群动，空故纳万境。"静能借给我们一双慧眼，帮助我们了然万物之变，参透群动之机；也使我们能看清世相，看透人生。这就是智慧，它让我们既审视自己的内心，又抬头看到诗和远方。读书还是对人性修炼的一种磨砺。凡是能坐下来真正读书的人，都是有静定之力、静美之情、静专之志的人。静是多读、久读而涵养出的心中一种恬静气、书卷气，是有内在的东西含蕴其里的而达及的高超卓越的境界。它使我们知识丰盈，善思自信，思想澄明，智慧从容。

丰子恺先生说过，人的生活有三种境界。一是物质的境界，大致在衣食住行层面；二是精神的境界，主要指文学艺术人文修养层面；三是灵魂的境界，是指人的信念、信仰、理想情怀层面。此三者，与物质的"利"、精神的"名"和心灵的"静"异曲同工。可见这是一种颇具共性的存在。趋利、趋名、趋静三者代表了读书追求的三个不同层级，体现了逻辑进阶的递升关系。趋利是为了奠定物质基础，使人有质量、有尊严地活着；趋名赋予人精神追求的内涵，提升人的品位和质量，使其超出惯常的凡庸；趋静是人灵魂的家园、人性的回归。静气在胸的人有涵养，静气在魄的人有格局，静气在灵的人有辉映。

让我们成为守静善思、静心澄怀、静美从容、趋静追远的人！

为着写作的阅读与为着阅读的写作

阅读是人通过视觉扫描将读物对象化的行为，是运用语言文字来获取信息，发展思维，并获得审美体验的活动。写作是人用笔记录所思、所想、所感、所悟的文字加工过程，是运用语言文字符号反映客观事物、表达思想感情、传递知识信息的创造性劳动过程。

阅读和写作看似两种不同的行为活动，其实却有着紧密的内在联系。相对于写作而言，阅读是一种内化吸收；相对于阅读而言，写作是阅读的倾吐运用。刘锡庆教授认为，这是一个由内化而意化而外化的过程。特级教师王崧舟将其比喻为：积淀是吸，创生是呼，一呼一吸之间，提升了你读书的品质，更新了你生命的能量。读书的奥秘，全在"呼吸"二字。就写作和阅读来说，"吸"是阅读；"呼"是写作。呼吸之间，彰显了二者的内在逻辑关系。

无论是为着写作的阅读还是为着阅读的写作，只有按照事物的本然定性，将二者有机结合起来，才能提升其读写效能和质量。

一、为着写作的阅读

为着写作的阅读，是以写作为旨归的。所有的阅读过程都是为着后续的写作服务的。写作是"内化—意化—外化"的过程。它是由"采集、构思、表达"三个环节构成的。由此构成了基于写作的阅读的三个特点。

阅读是聚材的过程。写作不是玩"空手道"，它是建基于材料的支出和消费基础之上的。正如蜜蜂不采集花粉就酿不出蜜来，春蚕不吃进桑叶就吐不出丝来。这就要求阅读者要善于在阅读过程中积累聚材。阅读聚材的实操要注意的是，要把自己看到的惊艳的、惊喜的、惊奇的东西记下来。大到一段文字，小到一词一句。记的时候不要考虑是否用得上，或是否过于碎片化，只要打动了你，令你心中一喜、眼前一亮，感觉足够好，就一定要记下来。至于以后能否派上用场、写入文章，那是后续进入写作过程才考虑和面对的问题。如果记的时候老是纠结用的时候的问题，就很可能会漏失精彩的东西。此外，阅读聚材还要持之以恒，这样十年、二十年下来，你的材料库就会变得丰盈而富足、厚重而精彩，提取起来，才能厚积薄发并变得轻而易举。

阅读是寻求创意的过程。为着写作的阅读，一定是一个寻寻觅觅的淘宝过程。因为阅读最大的收益是形成自己的写作创意，读出自己的文章来。创意的形成源自三个环节：一是启发触悟。

读到书中精彩过人之处、独到超卓之处，忽然像接通电路或天启神示一样，获得了启发触悟的思维的生长点、创意的感悟点。这就是人们常说的灵感。二是联想思考。有了这个点还不行，还要连成线、组成面、形成体。联想思考，要往自己的专业层面联想思考，往自己的研究领域联想思考，往自己的实践层面联想思考，往相关的理论层面联想思考。这样使感悟点找到着力处、发散点，才能真正孕育成熟。三是形成创意。即要形成完整的思路，实现结构完型。这样写作才能顺理成章地推进到表达展现阶段。

阅读是学会写作的过程。通过阅读我们看到别人的文章是怎么取材的，如何结撰的；层次是怎样梳理的，条理是怎样建构的；逻辑是怎样设定的，思想是如何表达的。看多了，想多了，我们也就渐渐地熟悉了文章的路子，学到了写作的窍门，摸到了文章的法子，掌握了写作的技艺。当然光靠看还不行，多写多练才能真正学会写作。

二、为着阅读的写作

为着阅读的写作，是以提升阅读质量为目的的。阅读固然有助于人的写作能力的生成培养，但写作也能反过来助益人的阅读。它们循环互补、相互成就。

写多了，就会养成一种为写而读的阅读意识。这样的阅读是一种目标明确的阅读，寻找取向的阅读，自觉汲取的阅读。有了这样的阅读心向，读写效率就会更高。对读物内容和自己的需求之间会形成一种敏感，像猎手等待捕捉猎物一样更加用心，一旦遇到好的、可心的东西，就会碰撞出火花。而这样的发现阅读如是反复，就会养成一种正确的价值判断，能够感觉到或判断出，这就是我需要的，并在今后能够用得上的东西。读得越多，写得越多，这种直觉历练得就越准确，通过阅读筛选、记录下的内容用到文章里的概率就越高。而这些都是为写而读的阅读意识所赋予的。

写多了，就会形成更高基础上的阅读提升。读和写是互动相生、水涨船高的关系。读多了，往往能写得好；而写得好又会提升读。就以写促读来看，写多了，写好了，读的眼光、胃口、品位就不一样了。对读物的要求就更高了。很多没有"含金量"的书，读后学不到东西的书，就很难再入眼。他们对读物的选取会更挑剔、更讲究。所读之书也会更精粹、更精优、更精华。这是选取读物眼光上的提升。在内容的认知理解上，会写的人将写的本领迁移到阅读中去，无疑也会由看"热闹"走向看"门道"，就会读得更深入、更通达、更彻悟，形成更高基础上的阅读轮回和再现。

写多了，就会由低阶阅读上升到高阶阅读。阅读是有低阶和高阶之分的。如不太过心走脑的娱乐消遣式阅读，无疑是低阶的；而为着研究的深读和精读，无疑具有高阶的品质。会写的人，明了写作的奥秘、真谛和规律。知道了写文章是怎么回事，再看文章，就有了高屋建瓴的理论视野，内行看门道的深刻洞见，好比隙中窥月过渡到庭中望月，所见更加全面，感悟更加深刻，思考更加深入。这时就会倾向于以挑剔的眼光和批判的心态阅读，亦即批判性阅读。批判性阅读是阅读的高阶，批判性阅读者对书上东西不会盲目相信、照单全收，而是通过自己的认知分析、理性思考进行过滤，形成自己的见解和主张。

总之，无论是为着写作的阅读或是为着阅读的写作，它们是统一的、互补的，好比车之两轮、鸟之双翼，只有同步发力、协同运作，才能行稳致远。

文化的力量

文化是国之根本、民族灵魂。

文化的意蕴

　　意蕴，意义蕴含之义。基本与逻辑学里的概念的内涵等值。文化意蕴的揭示是件颇为烦难的事。难就难在它外延极广，难以限囿；边界模糊，众说不一。美国文化人类学家洛威尔认为，在这个世界上，没有别的东西比文化更难捉摸。我们不能分析它，因为它的成分无穷无尽；我们不能叙述它，因为它没有固定的形状；我们想用文字来定义它，这就像要把空气抓在手里——除了不在手里，它无处不在。所以给文化下定义，尤其是要下一个普适公认的定义，真的不是件容易的事。这就是文化的定义之惑。有研究者指出这样的定义约有几百种之多，真是见仁见智，莫衷一是。但我们仍然不能放弃思考和追问，这是理论的使命，思考的责任。

　　文化，简言之，有文治教化，或《易经》所讲的"观乎人文，以化成天下"，即"人文化成"之意。现代汉语词典解释："文化是人类社会历史发展过程中所创造的物质财富和精神财富的总和。"这是一个大而全、试图包罗万象的定义，或者说是一个宏观的定义。

不妨再来看一下一些名家对文化的定义。

梁漱溟认为：文化是一个社会过日子的方法。文化是生活的样法。这一定义将文化和生活联系起来，是向着生活回归还原的定义。它试图告诉人们的是，人的生活方式与文化高度交集，或者说是文化的全部载体，文化的外延与生活相等。它是一个"飞入寻常百姓家"的"有根"的定义，启示人们在生活中发现文化，在文化中优化生活，活得更好！

季羡林从"知"与"行"两方面提炼中国文化的内涵。他认为中国文化分为两个部分：一部分是认识、理解、欣赏等，这属于知的范畴；一部分是纲纪伦常、社会道德等，这属于行的范畴。文化不仅是知识、认知层面的"纸上得来终觉浅"的存在，还是"绝知此事要躬行"的践履。即不仅要"入得进"，还要"行得出"，这样知识才能转化为文化。否则，就只能是僵死的知识和惰性的文化，是不彻底的、半途而废的文化。

余秋雨认为：文化是一种包含精神价值和生活方式的生态共同体。这个定义更显学术化一点，它凸显的是狭义文化定义精神层面的存在，当然也不排斥物质的生活方式的文化卷入，而且更强调文化是二者有机组合的"生态共同体"。

梁晓声认为，文化是根植于内心的修养，无须提醒的自觉，以约束为前提的自由，为别人着想的善良。这一四维定义也是将文化设定在人的认知和行为两个层面。前两个属认知层面，后两个偏行为层面。与季羡林的知行大类的划分异曲同工。分析起来，文化必然包含一个"化"的过程，这个"化"可以是知识的长期内化，人的修为的长期历练，否则就可能只有"文"，而没有"化"，并不能真正体现出文化的真义。而"根植于内心的修养，无须提醒的自觉"，都是经由内化、转化而彰显出来的一种高贵气质、儒雅风范或形成了一种惯习和动力定型的东西，是真正的文化范和文明核。"以约束为前提的自由，为别人着想的善良"，是对人的行为提出的一种文化标高或行为准则。世界上任何事物都应该有自己的内在规定，文化也不例外。如失去约束的自由还是自由吗？一是剥夺了别人的自由，二是已沦为了霸蛮妄为。为别人着想的善良，同样以善良为准绳、为前提，来判定其文化的资格、资质，强调了文化德行的一面。必须指出的是，负面的东西即便我们可以以文化之名指称它，但也是文化的糟粕、垃圾，是必须抛弃和清除的。

美国的露丝·本尼迪克特还从一个更微观的视角提出了，文化是某种民族生活表现出来的不同于其他任何民族的一种思维和行动方式。思维方式是人最内在的本质，是文化最深层次的根和魂。它通过表征思维的式样，彰显思维的独特性和文化的独特性。中国人的思维方式则是和合思维、经验思维和整体思维。它造就了中华民族的"尚和合、求大同"的独特文化。

管窥蠡测，挂一漏万，记下自己对文化意蕴的一点思考和梳理。

文化的特质

特质本指人的较为稳定的个性心理特征。美国人格心理学家奥尔波特认为，特质是一个人所独有的神经心理结构。这样的结构外化可以形成人的内向性、外向性、和悦性等典型的心理特征。文化的特质，即每一种文化所具有的独特的质地和稳定的品质，或者说共性机理。可以概括为以下几点。

一、文化是核心价值观的提炼。文化是一个民族的精神和灵魂，是心灵的根本取向。余秋雨认为，文化是一种精神价值和生活方式，它通过积累和引导创建集体人格。文化是通过"积累和引导"而传承的，它既是一种社会现象，也是一种历史现象。如中国传统儒家文化的仁义礼智信、温良恭俭让，讲信修睦，重和合、求大同、尚中庸等。《关于实施中华优秀传统文化传承发展工程的意见》概括了六点，即"讲仁爱、重民本、守诚信、崇正义、尚和合、求大同"。这六点就是对中华文化核心价值观的提炼，它通过历史传承已沉淀为中华民族的集体人格，也是中华民族文化的精华。

二、文化是事物背后深刻稳定的机制。中国人见面总问"吃了吗？"就是一种文化的表现。它说明中国是一个非常看重吃、崇尚吃的国家，而事实上，中国的美食也确实是世界第一。但我们却不一定能意识到一句问候就是一种文化。因为它已蛰伏在我们的生命里、血脉中，已形成一种深刻稳定的行为机制。有个有趣的段子，关于美国外交官与中国外交官讨论吃，说：你们中国的吃文化真是博大精深。你看，你们那里工作岗位叫"饭碗"，谋生叫"糊口"，过日子叫"混饭吃"，混得好叫"吃得开"，受人羡慕叫"吃香"，得到照顾叫"吃小灶"，花积蓄叫"吃老本"，女人漂亮叫"秀色可餐"，占女人便宜叫"吃豆腐"，靠长辈生活的人叫"啃老族"，男人花女人的钱叫"吃软饭"，干活过多叫"吃不消"，被人伤害叫"吃亏"，吃亏不敢声张叫"哑巴吃黄连"，男女嫉妒叫"吃醋"，下定决心叫"王八吃秤砣"，不听劝告叫"软硬不吃"，办事不力叫"吃干饭"，收不了场叫"吃不了兜着走"。中国外交官教训他，世界的游戏规则不是"大鱼吃小鱼"，冷战思维已"不吃香"，合作共赢才能"吃得开"。如果硬要打压中国，肯定"没有好果子吃"。虽说段子不一定真实，但中国文化中重视吃这个特点可见一斑。

三、文化是由实而虚的存在。文化还是一种由实而虚、以虚为主的存在，或者说是虚和实的统一，白岩松在他的书《白说》里提到，衣服有什么用？保暖和遮羞。如果仅为满足这一功能，一百元一套就拿下了。但很多人为了这套"行头"一万元都拿不下，另外的九千九百元都花哪去了。花在了牌子、式样、时尚上了，这就与品位有关了。前面是实的功能，后面是虚的文化。母女三代对买回的新衣服有不同的价值诉求和着眼点，奶奶问："料子好吗？"妈妈问："款式新吗？"女儿问："牌子响吗？"总体来看，是由物质的实用走向虚的文化的品位。"料子好吗？"追求的是经久耐用；"款式新吗？"讲究的是新潮漂亮；"牌子响吗？"看重的是品牌名气。再如，人的气质是一种很虚的东西吧，但它是典型的文化的现象。气质是人由内而外散发出的一种生命气象和质地，是人的行为外化留给人的观感和印象。文化是人根植于内心的修养、无须提醒的自觉的一种自然的流露和展现。

四、文化是一种养成性的行为。比如习惯，习惯就是一种文化，一种并不自明的文化积淀，一种习而不察的行为塑造。亚里士多德说，我们每一个人都是由自己一再重复的行为所铸造的。因为优秀不是一种行为，而是一种习惯。比如捡拾垃圾，起先是责任约束，然后是制度约束，最终是自律约束，这就是一种行为养成的文化，是一种育人的高境界。

愿我所理解的文化的特质能对你关于文化的认知有所启发和助益。

218

文化的力量

　　力量是什么？力量是人彰显出来的驾驭活动本领的大小和能力；力量是人的综合能力的外化表现；力量是事物价值实现程度的体现；力量是人左右自身命运的能量和资源。总之，力量是人由内而外彰显的改造世界的本领和能力。文化的力量是文化带给我们的能够改变人自身和外部世界的那种认知力和实践力，当然也包括文化自身的传承力和优势力。

　　文化的力量是一种传承不衰的思想的力量。文化自身具有强大的历史穿透力和传承性。中华民族历史悠久，源远流长，上下五千年，纵横几万里，代表着中华民族的精魂和灵魄，是中华民族生生不息、最深厚的根基和底蕴。它内在地维系着整个中华民族的精神穹宇，使中华文明、文化的薪火绵延不绝、传承不息。如2017年，中共中央办公厅、国务院办公厅印发的《关于实施中华优秀传统文化传承发展工程的意见》对中华传统文化概括的"讲仁爱、重民本、守诚信、崇正义、尚和合、求大同"六大核心思想理念，就是对中华文化传承复兴并得到世界公认的逻辑和理由的最好诠释。没有高度的文化自信，没有文化的繁荣兴盛，就没有中华民族的伟大复兴。文化兴，则国兴；文化强，则民族强。这就是文化的力量。

文化的力量是一种软胜于硬、虚胜于实的优势力。美国哈佛大学教授约瑟夫·奈有一个观点，即将军事权的威慑力、经济权的收买力看成硬实力，而话语权的吸引力和舆论权的控制力视为软实力。文化就是这样一种软实力，但千万不要以为软实力就是没有力量的。事实上，软实力是胜于硬实力的。我们如果注意观察就会发现，人的牙齿是硬的，舌头是软的，到最后牙齿可能掉光了，但舌头还在。女人为何普遍比男人长寿一点，也是这个道理。泰戈尔曾经说过，不是锤的打击，而是水的载歌载舞，才能使鹅卵石臻于完善。这些现象都说明"软"的东西厉害。才能是硬本领，发挥才能的才能是软本领，软本领驾驭硬本领。

文化的优势力还在于它是一种虚胜于实的存在。空气没有形状，也不可把握，它是虚的。但有谁敢在它的面前捏紧鼻孔，哪怕只有3分钟，这就是虚则实之。彩虹是虚的吧，你抓不住它，但它却能抓住你的心。这也是虚的东西的功能。若从物质和精神的角度看，一切实体的、具在的、物质的东西都是有限的，而虚在的、精神的东西都是超越实体、具在而形上的，它是行之久远的。孔子只活了73年，但他的思想历千年而不朽，与三光而同辉，其所建构的儒家文化至今依然延传不已。这就是虚胜于实、道胜于器。

文化的力量源自知识生成的理性的力量。培根说："知识就是力量。"知识是人类认识成果的结晶。知识的力量一直被人们推重。这种力量是一种理性的力量。郭元祥教授认为，知识是被搁置在人类认识成果总库中的以符号形式保存下来的理性的产品。法国哲学家笛卡尔也认为，思考是一切知识最牢靠的基础，只有经由思考获得的知识才是清晰可靠的、鲜活真实的、人类特有的。朱永新教授指出，人类最重要的知识、最伟大的智慧、最伟大的思想深藏在那些最伟大的书籍之中，因此，知识就是力量，意味着书籍拥有力量。所以追求知识的力量一直是人们首选诉求，看那些大字不识的草根族，宁愿自己吃苦受累，甚至拾荒要饭，也要让孩子读书，目的就是想借知识的力量改变命运。正如林语堂所言，读书或书籍的享受素来被视为有修养的生活上的一件雅事，而在一些不大有机会享受这种权利的人看来，这是一件值得尊重和忌妒的事。文化的力量来自知识的奠基和铺陈，一个没有知识底蕴的人，其胸襟、视野、理性思考受到极大限制，文化是残缺的，力量是有限的。如黑格尔所言，无知者是不自由的，因为和他对立的是一个陌生的世界。追求文化的力量千万不要忽略了知识的内在支撑和逻辑生成作用。

文化的力量是一种知行合一、"行得出"的力量。文化按照季羡林老先生的观点，它是知行合一的存在。这就比单纯的知识性存在、理论性存在多了一种手段，它是双料的、叠加的，自然更有内涵、价值和分量。知识是人认识世界的武器，认识世界是改造世界的前提，改造世界是认识世界的目的。只认识不改造是无用的认识，只改造不认识是盲目的改造，只有二者整合才是理想态的关系，才能产生力量，而这就是文化的力量。知行合一的文化，要求不仅要"知"得彻底，还要"做"得漂亮。现实的存在不是想出来的或看（书）出来的，而是"做"出来的，是一个由"行"而生成的世界。我行，故我在。我"行"，不是盲目的"行"、跟着感觉走的"行"，而是带着读书理性、理论指导的自觉的"行"，甚至掌握规律的自由的"行"。这样的"行"才是有力量的，才是真正能够"行得出"的行。颜习斋曾说，读得书来，口会说，笔会做，都不济事，须是身上行出，才算学问。这种"身上行出"的学问，才是真学问，是有力量的学问，是文化的表现。反之，倘若只知不行是虚知，只行不知是妄行。这种知行"两张皮"的情形，都不符合文化的本真意涵，都没有把知识真正转化为心灵的力量、致用的力量、文化的力量。

综合上述，文化的力量源自文化本身的传承力、优势力和知识奠基的认知力以及"行得出"的实践力。

文化的批判

　　批判是指对错误的思想或言行进行批驳否定。文化批判是指对错误的文化、思想与现象的批判与否定。批判的本质在于对事物作出全面而深刻的反思与评价。按照波普尔的说法，批判就是一种"自由讨论理论以发现其弱点并加以改善的传统，是合理的和理性的态度"。黑格尔强调，批判是意识的自我辩证过程。现实总是一种令人不满的存在，而人是一种在不完善中追求完善的存在。恩斯特·卡西尔在《人论》指出，"人被宣称为应当是不断探究他自身的存在物——一个在他生存的每时每刻都必须查问和审视他的生存状态的存在物。人类生活的真正价值，恰恰就存在于这种审视中，存在于这种对人类生活的批判态度中"。

　　为何要进行文化批判？

　　文化是一个包罗万象的存在，可以说鱼龙混杂、泥沙俱下。毛泽东同志认为中国传统文化就是一个"既有民主性精华，也有封建性糟粕"的存在，要求"吸收其民主性精华，剔除其封建性糟粕"。再从现存的文化构成看，也存在很多文化错谬现象。如攀比文化、崇洋文化、盲从文化等。可以说，我们所置身的文化环境，一点也不比我们生存的污染严重、日益恶化的自然环境乐观。对于这些错误的东西倘若不批判或清算，任其贻害泛滥，谬种流传，将会严重危害文化的健康发展，甚至摧毁人们正确的价值观，这是非常危险的。维特根斯坦曾说，当其他东西占据真理的位置，真理就不会出现了。人们必须找到从错误到真理的道路。错误到真理的道路不会自动出现，或者错误也不会自动变为真理的。这就需要对错误进行批判、去蔽、澄明，恢复事物的本来面貌。

我们需要实施文化批判，建立文化批判机制。

一、要有文化批判意识。批判意识是人寻求对不合理的事物或现象进行批驳否定的自觉心向或反应。当下批判意识是一种稀缺资源。人们或许盲从惯了，或许能力不济，根本没有批判意识。比如对书上说的东西总是盲目信从，不敢怀疑；又如有批判意识但缺乏批判能力。爱因斯坦曾说，很少有人镇定地表达与他们的社会环境之偏见相左的意见。作家阎连科说过一句话，"最大的黑暗是人们对黑暗的适应，最可怕的黑暗是人们在黑暗中对光明的冷漠和淡忘"。而文化批判最大的悲哀就是批判意识的丧失，这是釜底抽薪的绝望和麻木。

二、要有文化批判的能力。批判不是权力的任性、粗暴的否定这样简单的事。批判是讲究以理服人的，万不能以势压人、恃权妄为。美国学者琼·温克在《批判教育学》中指出："批判不仅意味着'批评'，批判还意味着能透过表面看到深处——思考、批评或分析。"这种"看到深处——思考、批评或分析"就是一种批判能力。任何批判能力都是以认知能力为基础、前提的。就是说，批判别人你总要对批判的对象有一个基本的判断力或辨识力吧，如果我们对文化批判的对象的真伪、优劣、善恶、美丑都认不清、辨不明，又如何批判。批判是需要批判的武器的。这个武器就是掌握的正确的知识、理论或者说真理，就是我们所具备的识见和认知批判的能力，当然，这个能力还包括你的逻辑思维能力和表达能力等。从这个意义上来看，想要批判是一回事，有批判才能是另一回事。

三、要有文化批判的环境。环境是环绕人并能影响人的一切外部条件的综合。它是文化批判的外部保障机制。因而文化批判的环境建设非常重要。一个开放包容的社会，应当是鼓励文化批判、百家争鸣的。因为真理是在同谬误的斗争中发展起来的，真理只能越辩越明，越深入人心。反之，如果钳制思想，只有一个声音说话，就会窒息文化批判和创新。而如果批判缺席，旧思想、旧文化就会在与新思想、新文化的博弈中不战而胜，过时和错误的文化就会继续大行其道，文化误导就会持续贻害。

知识与文化

　　研究文化，恐怕没有比厘清知识与文化的关系更为重要的话题了。知识与文化是纠缠度非常高的两个概念，尤其是当我们关注精神文化时，更容易与知识相混淆。这是因为知识与文化确实是一种交叉、互含、包容关系，你中有我，我中有你。文化包含知识，知识组成文化，就是说，知识是构成文化的要素和支撑，文化是知识的转化和升华。有时两者的区隔、界限及其转化往往是模糊的、分不开的、难以明断的。这就是人们经常把知识与文化混为一谈的因由。

　　事实上，知识与文化还是有很多区别的。

　　从知识和文化的定义看，知识是人类通过经验提炼而创制，并经过精心阐释的思维成果或思想体系。如布鲁纳就认为，知识是人们为了赋予经验中的诸规则以意义与结构而构成的模型。石中英教授则认为，知识是人类认识的结晶，是认识主体对客观对象的正确反映。知识是通过一定的语言符号和逻辑形式进行表述的经验系统。文化的内涵是指人类创造的精神财富和物质财富的总和。一切文明的成果、制式、样态均可纳入文化的范畴、系统，是文化定义内涵的题中之义。若单纯从知识概念来加以区隔，知识是由"知"和"识"两部分构成的。"知"一般应该是指客观的事实和信息；"识"是对客观事实和信息的见解，或者在客观事实和信息基础上形成的思想。"知"是基础和前提，"识"是目的和归宿。无知难以有识，有识须靠有知；有知无识是死知，无知有识靠实践。单纯的"知"是属于认识范畴的，有知有识可视为文化的境界。

文化的外延大于知识的外延。文化是无处不在，无时不有，无所不包的，它与生活的外延相等。所以林语堂说，文化是生活的样法。而知识的外延只适用和存在于阅读学习的过程中，它是人占有知识、习得理论的活动及结果，其外延是很窄的。

文化与知识互为表里，知识是表，文化为里。知识是文化的基础和表现形式，文化是知识的内化熔铸和生成的东西。知识为表是说它具有符码形态的显性特征，甚至是可以计量的。如某人能识多少字，能背多少首诗等。知识为表还在于它是文化的表现形式，换言之，文化在很大程度上是通过占有知识的多寡来体现的。文化为里是说文化是知识的里子或本质，它是不可计量的，我们只能说某人是一个有文化的人，而不能说他掌握了多少文化。文化是内在熔铸融入人的血脉和灵魂的东西。它是隐性的、形而上的东西。知识之于文化，犹如花朵之于花香，知识是花，文化是花香。花是实的、表显的，花香是虚的，看不见、摸不着的。

从知识与文化的特征看，知识就是"知道"，是知道或掌握客观的事实、信息、理论等。在这个意义上，知识就是理论吸收。它好比你的工具箱、知识库。但倘若你不会应用，这些知识就是死的、僵化的、摆设性的东西。文化是智慧。智慧是人处理人与世界的关系、理解决断事物和解决问题的本领。它是人经由实践历练而养成练就的一种明智聪慧。比如实践智慧，是从经验和知识中找到适己的工具，即"应用已知的去明确指导人生之事物之能力"，它是"行"的概念和"做"的艺术，是属于文化的。再如思想智慧，与实践的经验和行动智慧不同，思想智慧是一种理性智慧和思维智慧。这种智慧是哲学层面的东西，具有洞察性、解释力，使人明理悟道，自觉从事改造世界的活动。它是文化的高级形态。

从知识与文化的关系看，知识生成文化，文化是知识的升华。这说明二者之间是具有内在关系和相互转化的依据。但知识绝非文化，文化也不等同于知识。知识生成文化，是说知识构成文化的基础，并向着文化的方向转化升华。文化是知识的升华，是说文化是知识的目标指向或终极形态。有知识不代表有文化，知识演变成文化还需要一个积淀和转化的过程。一个博士肯定是有知识的，但如果他的知识没有完成向着文化和智慧的转化和升华，就不能说他是有文化的。所谓"百无一用是书生"，并非人们看不起读书人，而是看不起读了书而不能向文化转化的迂腐无能的人，比如说孔乙己。所以人不应炫耀自己的知识多，更应关注自己的文化层次和文化品位，这是落地的东西，是理论和实践相结合、能应用的东西。

从知识与文化的表现形态看，知识是一个人掌握和占有的知识成果的集成，文化是一个人的综合内涵和素养。如果说知识是"形"，文化就是"神"。知识是形塑人的手段，文化则是这种形塑带来的结果。它赋予人的是丰神朗韵，是神明颖悟，是精气神。它是一个人的整体气质给人留下的感官印象。陆机在《文赋》中说："石韫玉而山辉，水怀珠而川媚。"人只有具备"韫玉""怀珠"的知识底蕴，才能有"辉山""媚川"彰显于外的文化效果，并成就出彩人生。

苔花亦自重

——读袁枚的《苔》

袁枚（1716—1798），清代诗人、散文家。字子才，号简斋，汉族，钱塘（今浙江杭州）人。乾隆四年进士，做过几任县令，有政绩，但并不得志，四十多岁即告归。是乾嘉时期代表诗人之一，与赵翼、蒋士铨合称"乾隆三大家"。

前此袁枚有一首小诗《苔》，因央视的一档节目火了。这首诗是："白日不到处，青春恰自来。苔花如米小，也学牡丹开。"苔太微不足道了。人们漠视它的存在，被人践踏如泥。有时如果踩跐了，还会遭人唾骂。但袁枚却能于细微处见精神，在寻常中翻奇崛，写出了苔的生命的自强品格和进取气象。

首句写苔的生长环境，那是一个"白日不到"的所在，没有阳光的照射，阴暗、潮湿、偏僻，或是被人遗忘或人迹罕至的旮旯。就是这样一个地方，生长着一种也许是最低等的植物——

苔藓。

第二句写苔的自强抗争的生命力。虽然生命弱小，甚至不被看好，也有青春华彩，也要拥抱青春，一"恰"字，是对生长环境的呼应、点染和强调，即正是在这样恶劣的环境下，苔却不期然沁出生命的绿意，皴染青春的华彩。那是自然定性赋予它的生命的权利，是生生不息生命的过程蕴含的必然的品质，是无法剥夺的生命灵性彰显的顽强与风流。

第三句顺承二句的"青春自来"，写苔拼尽生命的韶光芳华绽放苔花的精彩。那是向世界的一种宣称，向自然的一种感恩，向人间的一种昭告。虽然那花并不国色天香，也不雍容华贵或明艳亮丽，它只有"如米小"般的外形，但它并不自轻、自弃、自卑、自贱，而是兀自地盛开，骄傲地绽放。和其他高大上的花朵相比，它是不足为道的存在，与其说是花开，不如说是绽放的一种自信，一种自强，一种自尊，一种自励。

第四句"也学牡丹开"，写出了苔的生命意向和向上精神。是的，仅就花开这一自然属性而言，苔花与牡丹的绽放是等值的、同阶的，这就是每个生命都值得尊重和敬畏的理由。苔当然也明了自己与"牡丹"的落差，但它不因弱小而自惭，也不因卑微而自弃，却心存学习牡丹的心向，追求"高大上"的意念，还有什么样的生命比这样的生命更值得敬重和高看的吗？那种向上拼争的心劲，"要学牡丹"的追崇，是超越生命边界的一种大写的精神，一种谁都无法小视的境界。我们应该为这样的生命献上最诚挚的敬意和礼赞！

　　唐宋诗歌里也有一些写苔意向的诗句，如刘禹锡的《再游玄都观》"百亩庭中半是苔，桃花净尽菜花开"，《陋室铭》"苔痕上阶绿，草色入帘青"，宋代叶绍翁的《游园不值》"应怜屐齿印苍苔，小扣柴扉久不开"。这些苔的意象都是落寞孤寂的，是其他主导意象的背景性存在和陪衬而已。与之相比，袁枚的《苔》是以苔为主导意象的，是被讴歌的对象。不能不佩服袁枚眼光的独到和对诗歌对象的捕捉。尤其是他眼光向下，能将苔这种低微事物入诗，说明在他的心灵深处包含着对弱小生命的同情与关爱，同时，也是他自己借物自况、咏物言志，表达自己逆境自强，实现自我价值的理想。

　　这首诗的现实意义在于，对苔的关注和讴歌，可以说是对社会最底层"草根"族命运的关注，虽然他们是一个庞大的群体，但并不被人看好、关注，甚至遭到漠视。但他们依然在最平凡的岗位上默默奉献，让青春的苔痕染绿大千世界，奉献自己"如米小"的美丽和能量，装扮我们的社会。他们是值得我们尊重的自强不息的"苔"，是社会正能量的基石与铺垫。

学学这只千年之蝉

——赏虞世南的《蝉》

古代咏蝉诗词不在少数。如古诗十九首，"秋蝉鸣树间，玄鸟逝安适"；陶渊明的"哀蝉无留响，丛雁鸣云霄"；朱熹的"高蝉多远韵，茂树有余音"；刘禹锡的"清吟晓露叶，愁噪夕阳枝"；王籍的"蝉噪林逾静，鸟鸣山更幽"；辛弃疾的"明月别枝惊鹊，清风半夜鸣蝉"；等等。但我认为，唐代虞世南的《蝉》，格高韵远，更见境界。它超越了单纯的写实描摹，刻画出了精神与品格，其高蹈之处，绝非其他咏蝉之作能够望其项背。

虞世南（558—638），字伯施，汉族，越州余姚（今浙江慈溪）人。虞世南是唐初四大家之一，凌烟阁二十四功臣之一。他的五绝《蝉》仅短短二十字，即：

垂緌饮清露，流响出疏桐。

居高声自远，非是藉秋风。

蝉伸出自己的绥（头部生长的刺须）啜吸树汁清露，高大疏阔的梧桐树传出了它清亮的鸣声。身居高树之上，声音自然会传得很远，并非凭借了秋风之故啊。

这首独标高格的咏蝉诗，表面咏物，实为咏人。可以看成诗人以蝉自况、自许、自喻。关键是作者将蝉的习性和人的品格融为一体，达到了神契合一的境界。因而它为后人所重，评论者甚众。清人施补华《岘佣说诗》认为，骆宾王"露重飞难进，风多响易沉"，是患难人语；李商隐"本以高难饱，徒劳恨费声"，是牢骚人语；虞世南的"居高声自远，非是藉秋风"，是清华人语。清沈德潜《唐诗别裁》称："命意自高。咏蝉者每咏其声，此独尊其品格。"清人李锳《诗法易简录》赞曰："此诗三、四品地甚高，隐然自写怀抱。"

这只高居疏桐之上的禅，振羽而鸣，声音穿透千年时光，嗣响不绝，留给我们应当效学的一些人生启迪。

一是贵在洁己。一、二两句，写蝉用自己的绥刺吸着树的汁液，即"饮清露"，清露，即清纯之露。古人认为蝉性高洁，栖高饮露，屈原在《离骚》中就以"朝饮木兰之坠露兮，夕餐秋菊之落英"来表达自己的高洁情怀。此处"饮清露"，同样寄寓其品端洁远之意。二句高大疏阔的梧桐树上传出其悦耳清亮的"流响"。"梧桐"是古代神鸟所栖之树。写自己依明君、辅大业而发声。无怪唐太宗称他有"五绝"，即德行、忠直、博学、文辞、书翰，并赞叹"群臣皆如虞世南，天下何忧不理"。这两句表面

234

写蝉栖疏桐、饮清露、传流响，实际上是写出了人的耿介傲世、直言善谏、高洁清远的品格志趣。

二是懂得"居高"。荀子《劝学》中有喻："跂而望矣，不如登高之博见也。登高而招，臂非加长也，而见者远；顺风而呼，声非加疾也，而闻者彰。"同样，这只居高而鸣的千年之蝉也深谙此道。它选择高树放歌，声音传得很远，因为它懂得居高而传远韵，而致其远。人亦如此。"居高"，启迪我们做人目标要高远，或起点要高。正如王国维论三境界的首境："独上高楼，望尽天涯路。"《尚书·周书》有云："功崇惟志，业广于勤。"揭示了成功与大志向、大格局之间的直接联系。鹰飞得有时比鸡还低，但鸡永远达不到鹰的高度。这只千年之蝉对"居高"的领悟与传响，真的值得我们学习。

三是践行"非借"。这只千年之蝉是凭借居高致远，凭借自身的能量而声入云天、响遏行云的，而非"藉秋风"之故。这就是"非借"。它是依靠自己的声音和能量，行之于世，传之高远的。"非借"是事物独立性、自由性的体现。人更应具备这种能力才能立世生存、彰显自我。当然，人的成功也不排斥借，借是一种智慧。蝉也是借高居疏桐而传流响的，但这是有居高之心、之志的借，有目标、有追求的借，有"流响"本领的借，而非丧失自我的借。同样，人的借也必须是有"非借"东西支撑的借，是建基于自身能力和本领之上的，是保有独立性、自由性的前提的。否则，借就成了依赖依附，失去了自立性，人格就沦陷了。

而且借了之后，还要使自己更加出彩，你看那只蝉，借"疏桐"的高枝凭自身的能量而传"流响"，这是向自然、山林宣称自我的存在，宣播自身的价值，宣言生命的流响。

人立世一遭要学习这只蝉，独立发声。虽则不能像洪钟大吕，但一定要有自己的声音，彰显自我的价值，这样才能传出生命的"流响"，成为独立的人、大写的人。